●全新增修版●

# 跟著**時雨**
# 學日語

初階常用日文文法，
培養語感、突破自學瓶頸、
課外補充都適用！

輕鬆掌握
N5～N3

時雨

著

# 目錄 CONTENTS

**10**

在中文裡解釋相似度很高，本卷提供了詳細的說明與分析
來幫助讀者理解在日文中使用上的不同。

日語中的助詞扮演著重要的功能，若是使用或理解錯誤，可能會影響到整個句子的解讀。

## 🐾第3卷 授受動詞，帶你了解 「授」與「受」

所謂的「授受動詞」就是授予和接受的意思。「授」代表授予，「受」代表接受。「授受動詞」是初學者一大關卡，因為在日文中，給予與接受有許多表現。而初學者最大的疑問即在於它們使用的時機。

## 🐾 第 4 卷 中日文意思大不同！常見誤用漢字 140

漢字的誤用是母語為中文的學習者經常遇到的問題。儘管許多日文漢字與中文意思相同，但仍有不少漢字與中文有所差異，甚至毫無關聯。此卷介紹了十個與中文用法不同且常見的日語漢字。

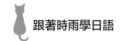

# 前言

　　這本書涵蓋 N5 ～ N3 的範圍，較適合已經有一點日文基礎的學習者。本書將會針對容易被忽略的日文問題，以及常見的學習瓶頸進行說明。舉個例子：「借りる」是「借」的意思，這個單字看起來很簡單，但如果碰到組合句型時往往容易被誤用，例如「借りてもらう」，是誰借給誰呢？在沒有徹底認識這個單字，且學過授受動詞的情況下，很難正確理解這個單字。

　　另一方面，如果只有背單字跟文法的話，很容易忽略其微妙的差異，比如「ここから星が見える」跟「ここから星が見られる」，中文都可以解釋為「這裡可以看到星星」，它們又有什麼不同呢？本書將帶領學習者一起來探究這些日語表現的差異。

　　而除了易混淆的單字之外，本書也介紹了一些常被誤會的漢字，如「認識」、「経理」、「深刻」……等，這些日文的意思完全不同於中文。比如「我認識了一位經理，讓我印象深刻」這樣的句子，就絕對不會出現上述的日文單字。

另外，「と・ば・たら・なら」也是大部分學習者的盲點，比如說「富士山に登るなら…」，後句應該選擇哪一句比較自然呢：❶頂上で高山病になる恐れがある。❷富士宮ルートがおすすめです。

　　如果你選擇的是❷，那麼恭喜你，觀念很正確；如果選擇❶請務必購買此書，相信能夠幫助你理解正確的用法。

　　最後要跟廣大的讀者致謝，感謝你們的一路支持與陪伴。也誠摯感謝購買此書的朋友，若還未造訪過我的網站，歡迎搜尋時雨日文（全名：時雨の町），相信能帶給你許多收穫。

　　最後的最後還是非常感謝各位，如果能讓學習者突破一些日文上的盲點，就是這本書的最大意義。


時雨

# 第 1 卷

# 原來意思是這樣！
# 最容易混淆的常見單字

日文跟中文不同，如果用母語的角度看待另外一種語言，往往容易造成無法理解的情況。每個語言都有自己的歷史演進與文化薰陶，因此即便是日文漢字與中文相同，意思也不見得一樣。

而日文結構也與中文大相逕庭，比如說，日文經常可以從述語中就了解彼此的關係，不一定需要「私(わたし)」、「あなた」等人稱，例如「本(ほん)をあげる」即「給你書」的意思，「本(ほん)をくれる」就是「給我書」，以上兩個句子都可以省略「私(わたし)」和「あなた」。

然而中文只有「給」一個字，所以我們必須加上人稱才知道是誰給誰，從這個例子當中我們就有了基本的概念──

日文表現方式與中文不同。

## 「借りる」和「貸す」

這是一組常見的易混淆詞彙，如果只有背單字，很容易會出現誤用的情況。例如「借りる」的中文是「借」，那麼就有可能會不小心把「請借我一本書」寫成「私に本を借りてください」。

日文有些單字是有區分彼此關係的，例如借入與借出是用不同的單字，「請借我一本書」的日文是「私に本を貸してください」。而「私に本を借りてください」就變成了「請向我借一本書」，所以不能單靠單字表上的意思來學習語言，應多接觸文章來了解單字實際應用的方式。那麼，接下來就來看看「借りる」跟「貸す」的差別吧！

簡單來說「借りる」是「借進來」的意思；而「貸す」是借出去的意思。可以用「我跟銀行借錢（借りる）」，「銀行貸款給我（貸す）」，這樣的借貸觀念來理解、思考，是不是就比較清楚了呢？

> 借りる：借入
> 貸す：借出

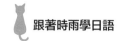

## ★簡易句型

以下用簡易例句帶你看看「借<ruby>借<rt>か</rt></ruby>りる」與「貸<ruby>貸<rt>か</rt></ruby>す」的使用方式：

<ruby>私<rt>わたし</rt></ruby>は<ruby>彼<rt>かれ</rt></ruby>に<ruby>お金<rt>かね</rt></ruby>を<ruby>借<rt>か</rt></ruby>りた。
**我向他借錢。**

<ruby>彼<rt>かれ</rt></ruby>は<ruby>私<rt>わたし</rt></ruby>に<ruby>お金<rt>かね</rt></ruby>を<ruby>貸<rt>か</rt></ruby>した。
**他借錢給我。**

反過來也是一樣的道理：

<ruby>彼<rt>かれ</rt></ruby>は<ruby>私<rt>わたし</rt></ruby>に<ruby>お金<rt>かね</rt></ruby>を<ruby>借<rt>か</rt></ruby>りた。
**他向我借錢。**

<ruby>私<rt>わたし</rt></ruby>は<ruby>彼<rt>かれ</rt></ruby>に<ruby>お金<rt>かね</rt></ruby>を<ruby>貸<rt>か</rt></ruby>した。
**我借錢給他。**

換到第三方的視角也是如此：

<ruby>田中<rt>たなか</rt></ruby>さんは<ruby>鈴木<rt>すずき</rt></ruby>さんに<ruby>お金<rt>かね</rt></ruby>を<ruby>借<rt>か</rt></ruby>りた。
**田中向鈴木借錢。**

<ruby>鈴木<rt>すずき</rt></ruby>さんは<ruby>田中<rt>たなか</rt></ruby>さんに<ruby>お金<rt>かね</rt></ruby>を<ruby>貸<rt>か</rt></ruby>した。
**鈴木借錢給田中。**

## ★進階挑戰

「借<sup>か</sup>りる」和「貸<sup>か</sup>す」是借入和借出的概念，但使用時必須注意句子的結構，不同的補助動詞（補助動詞就是在原本的動詞後面再添加其他意思，做更為細膩的表達）語意上也會有些微妙的變化，請見例句：

❶ お金<sup>かね</sup>を貸<sup>か</sup>してください。
**請借我錢。**

❷ お金<sup>かね</sup>を貸<sup>か</sup>してくれる？
**可以借我錢嗎？**

❸ お金<sup>かね</sup>を貸<sup>か</sup>してもらいたい。
**希望你借我錢。**

❹ お金<sup>かね</sup>を貸<sup>か</sup>してあげよう！
**我借錢給你吧！**

❺ お金<sup>かね</sup>を貸<sup>か</sup>してほしい。
**希望你借我錢。**

❻ 君<sup>きみ</sup>にお金<sup>かね</sup>を貸<sup>か</sup>したい。
**我想借錢給你。**

❼ お金<sup>かね</sup>を借<sup>か</sup>りてもらう。
**請別人向我借錢。**

❽ 君<sup>きみ</sup>にお金<sup>かね</sup>を借<sup>か</sup>りたい。
**我想跟你借錢。**

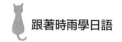

**❾** お金を借りてもいい？

我可以跟你借錢嗎？

❸跟❺意思差不多，只是一個是使用「もらう」，一個使用「ほしい」，❸是指「我希望（能夠得到）你借給我錢」，❺的意思則是「希望對方做（貸す）這個動作」。而❼的意思是「得到（對方向自己借錢）這件事」。

舉個例子，銀行希望有人跟它借錢，如果成真了，就可以說「借りてもらいました」，表示銀行得到「有人跟它借錢」的這個恩惠。

族繁不及備載，以上僅提供一些例句作為參考。其中，有牽涉到授受動詞。而授受動詞有時會改變立場，所以會發現有些「貸す」是我借給別人，有些「貸す」卻變成別人借給我。如果不懂為什麼，將會在第 3 卷（P.116）幫助讀者加強「授受動詞」的觀念。

## 🐱「見える」和「見られる」

「這裡看得到星星。」

這句話是用「見える」還是「見られる」呢？這兩個動詞都是「看得到」，但意思仍有差異。以下將解說它們各自的意思與使用時機。

> 見える　：看得到。無關是否想看，自然就能映入眼底的情況（沒有遮蔽物、視力正常）。
>
> 見られる：能夠看到。以「想看」作為前提，但需具備某種條件才能看到的情況（條件允許）。

### ★簡易句型

🐾 見える

天気がいいと、遠くの山がよく見える。（見られる ×）

天氣好的話，就看得到遠山。

年をとると老眼鏡をかけないと新聞がよく見えない。（見られない ×）

上了年紀不戴眼鏡的話就看不清楚報紙。

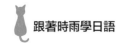 

これ、見えますか？

**這個，看得見嗎？**

▶ 檢查視力時不會說「見られますか？」

※ 如果句型是「目が見える」，則表示「具備視覺能力」的意思。
生まれたばかりの赤ちゃんは目がほとんど見えない。（見られない ×）
**剛出生的小嬰兒眼睛幾乎都還看不太清楚。**

猫は夜でも目が見える。（見られる ×）
**貓咪在夜晚也能看得很清楚。**

見られる≒見ることができる

（富士山が見たい）日本へ行ったら、富士山が見られる。
**（想看富士山） 去日本的話就能夠看到富士山。**

（その絵が見たい）美術館に行けば、見られる。
**（想看那幅畫） 去美術館的話就能看到。**

動画配信サービスに加入すれば、あの話題のドラマが見られる。
**訂閱影音串流服務就能看那部熱門電視劇。**

残業で、野球の試合が見られない。
**因為加班，看不到棒球比賽。**

另外，有些句子也出現「見られる」，但不一定是以想看作為
前提。

❶ この島ではよく虹が見られる。

❷ 東の方に亀山島が見られる。

以上，並不是說話者想看的前提下具備的條件，但它是客觀被認定的事實，因此可以用「見られる」。

中文可以這樣解讀：

❶ 這座島上經常出現彩虹。

❷ 東邊是龜山島。

### ★通用的例子

有些句子兩者都可以用，但意思上有點差異。

自然映入眼底──

ここから星が見える。

**這裡看得到星星。**

▶ 一抬頭星星就映入眼裡，沒有雲霧等遮蔽物，能見度良好，視力正常。

條件允許──

ここから星が見られる。

**這裡能夠看到星星。**

▶ 其他地方可能看不到，所以當事者就是為了看星星來的，而這裡可以看到星星（條件允許）。

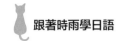

## ★綜合應用

ここはたくさんの星が見られるけど、メガネをかけてないので、あまり見えない。

**這裡可以看到很多星星，但由於沒戴眼鏡，看不太到。**

▶ 當事者為了看星星而來，這裡能夠看到，但是卻沒戴眼鏡，看不太到。

## ★快速總結

見える：自然映入眼底。

見られる：條件允許。

時雨的小叮嚀

「見える」是獨立的自動詞。「見られる」是「見る」轉來的可能形；「見れる」是「見られる」的縮寫。日文稱為「ら抜き言葉」就是把「ら」省略的意思，雖常可聽到，但非正確用語。

延伸介紹

見る・見つける・見つかる

跟「看」相關的單字還有「見る」、「見つける」、「見つかる」等。

「見る」就是「看」的意思；「見つける」是他動詞，中文譯作「看到、找到、發現」，表示某人執行的動作，因此主體是人。例如「私は鍵を見つけた」的意思就是「我找到鑰匙」。

「見つかる」是自動詞，主體為被尋找之物，因此是「被找到」的意思。例如「鍵が見つかった」的意思就是「鑰匙被找到了」，但中文不會像這樣用被動句來表達，因此比較常翻譯為「找到鑰匙了」或「鑰匙找到了」等，這也是為什麼很多人對於「見つける」和「見つかる」會感到混淆的原因了。

另外，「見つけられる」可以解釋為「可能形（能力形）」，即「能夠找到」的意思，為避免誤會，當要表示「被找到」時，主要還是使用「見つかる」。

# 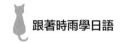 「聞こえる」和「聞ける」

　　「聞こえる」和「聞ける」雖然在中文翻譯上感覺差不多，但其實意思不太一樣。本篇與上篇〈「見える」和「見られる」〉有異曲同工之妙。

> 聞こえる：聽得到。聽力正常的情況下，自然進入耳朵的聲音。所以，聽不聽得到則取決於聽力是否正常，或是聲音的大小。
> 聞ける 　：能夠聽到。以「想聽」作為前提，但需具備某種條件才能聽到，且無關聽力正常與否。

## ★簡易句型

 聞こえる

先生は声が小さいので、話がよく聞こえない。
老師的聲音太小，聽不太清楚。

　この部屋は壁が薄くて、隣の部屋の話し声が聞こえる。
　這個房間的牆壁太薄了，聽得到隔壁房間說話的聲音。

※ 如果句型是「耳が聞こえる」，則表示「具備聽覺能力」的意思。

健康診断の時、耳が正常に聞こえるか検査した。

**健康檢查的時候，檢查了聽力是否正常。**

事故に遭ってから、耳があまり聞こえない。

**自從遭遇意外以來，耳朵變得不太靈光。**

## 🐾 聞ける

コンサートのチケットを買えば、生演奏が聞けるよ。

**如果買音樂會的入場券，就能夠聽到現場演奏喔。**

インターネットで世界中の名曲が聞けます。

**網路上能夠聽到世界各地的名曲。**

有些句子兩者都可以用，但是意思不太一樣：

夜になると虫の音が聞こえます。

**到了晚上，會聽到蟲鳴聲。**

▶ 自然聽見、聽力正常、聲音大小正常。

夜になると虫の音が聞けます。

**到了晚上，能夠聽到蟲鳴聲。**

▶ 白天無法聽到，但晚上可以。（條件）

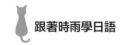
★綜合應用

夜になると<ruby>虫<rt>むし</rt></ruby>の<ruby>音<rt>ね</rt></ruby>が<ruby>聞<rt>き</rt></ruby>けるが、<ruby>年<rt>とし</rt></ruby>を<ruby>取<rt>と</rt></ruby>ったから、よく<ruby>聞<rt>き</rt></ruby>こえない。

到了晚上能夠聽到蟲鳴聲，但是上了年紀，聽不太到。

★快速總結

<ruby>聞<rt>き</rt></ruby>こえる：自然聽到／<ruby>聞<rt>き</rt></ruby>こえない：聽力有問題或聲音太小。

<ruby>聞<rt>き</rt></ruby>ける：條件允許／<ruby>聞<rt>き</rt></ruby>けない：條件不允許。

# 「触る」和「触れる」

「触る」跟「触れる」也是許多人的疑問。

簡而言之，「触る」是「碰觸」，「触れる」是「接觸」的意思。以下來看看有什麼不同？

> 触る　：多為有意的碰觸，主要用手去觸摸，多用於固體、具
> 　　　　體事物上，力道比「触れる」要強，常譯為「碰、碰
> 　　　　觸」。
> 触れる：多為無意的接觸，不一定是用手，人以外事物也可以
> 　　　　使用，對象除了固體之外也可以是液體、氣體或抽象
> 　　　　事物上，力道比「触る」弱一些，多譯為「接觸、摸」。

## ★簡易句型

触る

私の肩に触るな。

**不要碰我肩膀。**

▶ 別用手碰我肩膀。

ふくらはぎを触ると痛い。

**一碰小腿就很痛。**

▶ 用手去碰小腿。　※ 表示對象可以用「を」和「に」。

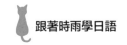 

熱いので触らないでください。

很燙請勿觸摸。

▶ 別用手去摸它。

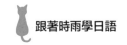 触れる

好きでもない女性とでも、手が触れたらドキッとする。

即使不是喜歡的女生，觸摸到對方的手也會很緊張。

▶ 不小心觸摸到或輕摸的意思。

中身が湿気に触れないように、しっかり蓋をして保管する。

為了不讓裡面的東西接觸到濕氣，蓋好蓋子保存。

▶ 不是人的行為多為「触れる」。

政治には触れたくない。

不想接觸政治。

▶ 抽象多為「触れる」。

| | 範圍 | 意識 | 力道 | 對象 |
|---|---|---|---|---|
| 触る<br>（≒タッチする） | 用手 | 多為有意 | 偏強 | 固體、具體 |
| 触れる | 不限 | 多為無意 | 偏弱 | 不限 |

另外，還有一個常見的動詞「撫でる」，則是偏向「撫摸、摸摸」的意思。比如說，摸摸頭、摸摸小狗、摸摸小貓等，多用「撫でる」。

## 「勤める」、「働く」、「仕事する」

「勤める」、「働く」、「仕事する」都可以表示工作，但前者為任職之意，中、後者為工作之意，區別如下：

銀行に勤めています。（注意，助詞是用「に」）

▶ 在銀行任職的銀行人員，不一定只限於做內部的業務工作。

銀行で働いています。

▶ 在銀行做銀行內部的業務工作，但不一定是銀行的員工。例如，派遣人員。

銀行で仕事しています。

▶ 在銀行這個環境工作的人員，不一定是銀行員工，也不一定做銀行內部業務。例如來修繕銀行的工程人員／來銀行種植樹木的園藝人員。

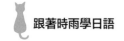 

 「お願いする」和「頼む」

　　「お願いする」和「頼む」都是請求對方做（或不要做）某件事，兩者的意思幾乎是相同的，但若從「文字解析」和「文法解析」上，其語感仍有不同之處。

　　以下我們來探究看看差別在哪裡吧！

| 依頼する | |
|---|---|
| お願いする | 頼む |

　　「お願いする」和「頼む」都屬於「依頼する」的一種。「依頼する」為書面語，多用於正式場合，而「お願いする」比「頼む」來得有禮貌些。

　　那麼我們再來看看「意思」有沒有差別，為什麼一個要用「願」，一個用「頼」呢？

| 願 | 望むこと。 | 即「願望」，如「合格を願う(希望及格)」、「昇進を願う(希望升遷)」。 |
|---|---|---|
| 頼 | 頼ること。 | 即「依頼」，如「他人に頼る(依賴他人)」、「年金に頼る(依賴年金)」。 |

　　「願う」的原始意思即為「希望～」，所以「お願いします」就是「希望對方做（或不做）某件事」，而「頼む」的原始意思是「仰賴、拜託」，所以「頼みます」就是拜託對方（仰賴對方）的意思。而「依頼します」多用於正式場合或商業文書往來。

もう一度お願いします。

**請您再做一次。**

引っ越しは業者に頼みます。

**請搬家公司來搬家。**

ご依頼いただきまして、ありがとうございました。

**謝謝您的委託。**

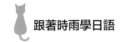

# 「─出<ruby>出<rt>だ</rt></ruby>す」和「─始<ruby>始<rt>はじ</rt></ruby>める」

動詞連用形接「出<ruby>出<rt>だ</rt></ruby>す」或「始<ruby>始<rt>はじ</rt></ruby>める」都是指開始某個動作的意思。例如「泣<ruby>泣<rt>な</rt></ruby>き出<ruby>出<rt>だ</rt></ruby>す・泣<ruby>泣<rt>な</rt></ruby>き始<ruby>始<rt>はじ</rt></ruby>める」、「降<ruby>降<rt>ふ</rt></ruby>り出<ruby>出<rt>だ</rt></ruby>す・降<ruby>降<rt>ふ</rt></ruby>り始<ruby>始<rt>はじ</rt></ruby>める」、「食<ruby>食<rt>た</rt></ruby>べ出<ruby>出<rt>だ</rt></ruby>す・食<ruby>食<rt>た</rt></ruby>べ始<ruby>始<rt>はじ</rt></ruby>める」等等，以下比較其中差異。

> ─出<ruby>出<rt>だ</rt></ruby>す ：焦點在於「一開始的那個瞬間」，因此有「突然性」或「意外性」的感覺，多譯為「～起來、～出來」。
> ─始<ruby>始<rt>はじ</rt></ruby>める：主要是描述「從開始一直到之後的持續狀態」，因此多半是事前就知道會發生的事或是不會讓人感到意外的事，並且有持續一段時間的感覺，譯為「開始～」。

### ★簡易句型

**🐾 ─出<ruby>出<rt>だ</rt></ruby>す**

<ruby>彼女<rt>かのじょ</rt></ruby>は<ruby>突然<rt>とつぜん</rt></ruby><ruby>泣<rt>な</rt></ruby>き<ruby>出<rt>だ</rt></ruby>した。

**她突然哭了出來。**

<ruby>昼<rt>ひる</rt></ruby>を<ruby>過<rt>す</rt></ruby>ぎた<ruby>頃<rt>ころ</rt></ruby>に<ruby>小雨<rt>こさめ</rt></ruby>が<ruby>降<rt>ふ</rt></ruby>り<ruby>出<rt>だ</rt></ruby>した。

**中午過後下起了小雨。**

<ruby>彼<rt>かれ</rt></ruby>は<ruby>急<rt>きゅう</rt></ruby>に、<ruby>別<rt>わか</rt></ruby>れたいと<ruby>言<rt>い</rt></ruby>い<ruby>出<rt>だ</rt></ruby>した。

**他突然說要分手。**

▶ 說出口。

 ── 始める

映画が始まり暫くすると、彼女は泣き始めた。

**電影開始後不久，她就開始哭了。**

彼女が泣き始めたら何を言っても泣き止まない。

**一旦她開始哭，不管說什麼都不會停止哭泣。**

雨が止んだと思ったらまた降り始めた。

**雨才剛停而已，馬上又開始下了。**

「－始める」的第 3 個例句的「～と思ったら」是 N2 文法，意思是才剛剛看到這樣的景象馬上就發生後項內容，多譯為「剛～馬上就～」，也可用「～と思うと」、「～かと思ったら」、「～かと思うと」來表示。例如「雷が鳴ったかと思うと、忽ち雨が降り出した。（才剛打雷馬上就下雨）」。此文法也可以表示與預想相反的事實，例如「雨が止んだかと思ったら、まだ降っている。（我以為雨已經停了，結果還在下）」。

時雨的小補充

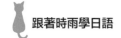

★兩者比較

　「一出す」含有意外的感覺，並強調動作的瞬間，但無法表現出「持續」的動作，比如小寶寶沒事突然哭了就可以用「泣き出した」（但聽不出來是否哭很久）。

　而「一始める」則是這個動作的發生並不讓人感到意外，或是本來就知道大概這時候會發生，並且可以描述「動作的持續性」。例如，小寶寶每天下午３點都會哭，果然今天到了下午３點時他又哭了，就可以說：「また泣き始めた」。

泣き出す　　　　　　　　　　強調瞬間、意外性

泣き始める　　　　　　　　　不意外、持續性

# 「気にする」和「気になる」

「気にする」和「気になる」最大的差別，與其說是中文意思，不如說是在於自他動詞的不同。一個是用他動詞，一個是用自動詞，因此在日語表現上就有明顯的差異。

「気にする」的「する」是他動詞，表示可以控制自己的情感，屬於自己在不在意的問題。

「気になる」的「なる」是自動詞，偏向自然引起的情感反應，屬於自己無法控制的情緒。

因此有「気にしないで」（請不要在意／介意）的說法，但沒有「気にならないで」這樣的說法。

気にする：介意，對自己內心所想的事情有所掛念。有「気にしないで」的說法。表可以控制的情感。

気になる：在意，對事物有所掛念。沒有「気にならないで」的說法。表無法控制的情感。

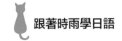

## ★簡易句型

🐾 気にする
しょう ぶ き
勝負を気にする。

**很介意勝敗。**

しっぱい き
失敗を気にする。

**很介意失敗。**

そんなことを気にしないで。

**別介意那種事。**

🐾 気になる
もとかれ き し かた
元彼が気になって仕方がない。

**很在意前男友。**

し けん けっ か き
試験の結果が気になる。

**很在意考試結果。**

き しつもん
気になることがあれば、いつでも質問してください。

**如果有很在意的事情，隨時可以來詢問。**

## ようにする・ようになる

「ようにする」和「ようになる」是助動詞「ようだ」的延伸。

🐾 動詞連體形／動詞否定＋ようにする：為了達到前項內容而努力，是一種下決心要培養的習慣。

今日から野菜も食べるようにする。

從今天開始也要吃青菜。

ジャンクフードを食べないようにする。

儘量不吃垃圾食物。

★ 如果是已經在進行的長期習慣，則使用「動詞連體形／動詞否定＋ようにしている」的形式。

例：

毎日野菜を食べるようにしています。

我每天都吃青菜。

▶ 長期習慣。

普段から、ジャンクフードを食べないようにしている。

平時就不吃垃圾食物。

▶ 長期習慣。

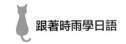 

😺 動詞連體形／動詞否定＋ようになる：表示動作上
　習慣性的自然演變或能力的轉換表現。

大人<ruby>おとな</ruby>になって、ブラックコーヒーを飲<ruby>の</ruby>むようになった。

長大了之後，變得會喝黑咖啡了。

▶ 習慣改變。原本不喝，後來變得會喝了。

年<ruby>とし</ruby>を取<ruby>と</ruby>ってから、脂<ruby>あぶら</ruby>っこいものを食<ruby>た</ruby>べないようになった。

年紀大了，變得不吃油膩食物。

▶ 習慣改變。原本吃，後來變得不吃了。

毎日<ruby>まいにち</ruby>練習<ruby>れんしゅう</ruby>すれば、すぐに自転車<ruby>じてんしゃ</ruby>に乗<ruby>の</ruby>れるようになるでしょう。

每天練習的話，很快就會騎腳踏車了吧。

▶ 能力變化。原本不會騎腳踏車，後來變得會騎了。

★ 否定時較常使用「～なくなる」的句型，與「～ない
　ようになる」的意思幾乎相同。

例：

脚<ruby>あし</ruby>を怪我<ruby>けが</ruby>してから、自転車<ruby>じてんしゃ</ruby>に乗<ruby>の</ruby>れないようになった。
脚<ruby>あし</ruby>を怪我<ruby>けが</ruby>してから、自転車<ruby>じてんしゃ</ruby>に乗<ruby>の</ruby>れなくなった。

腳受傷了之後，變得不能騎腳踏車了。

▶ 原本會騎，後來變得不能騎了。

# 🐱 「それで」、「それに」、「そして」

　　在這一節，要來幫助大家釐清「それで」、「それに」與「そして」的差別，同時也會把「それから」、「これから」一起帶進來解說。

> それで　　：意思為「因此」，表原因，前後句有因果關係。
> それに　　：意思為「而且」，表補充。
> そして　　：意思為「然後」，有順序性，前後句有相關，表可追加事項、可列舉行為，時間上比較緊湊。
> それから：意思為「之後」，有順序性，但前後句不一定相關，表可追加事項、可列舉東西或行為。時間上比較不緊湊。
> これから：意思為「今後」，表未來的時間點。

　**★簡易句型**

🐾 それで

風邪を引きました。それで薬を飲みました。

**我感冒了，因此吃了藥。**

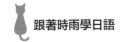 

### 🐾 それに

ご飯と味噌汁、それに、豚カツを食べました。

吃了白飯和味噌湯,還有炸豬排。

彼はスポーツが得意だ。それに、芸術の才能もある。

他擅長運動,而且也有藝術的才能。

### 🐾 そして

友達が家に来ました。そして、一緒に遊びました。

朋友來到家裡了。然後我們一起玩。

夏休みに、大阪、京都、そして、兵庫を観光した。

暑假的時候,去了大阪、京都,還有兵庫觀光。

顔を洗い、歯を磨き、そして、髭を剃った。

洗臉、刷牙,然後刮鬍子。

### 🐾 それから

昨日は小説を読みました。それから、テレビを見ました。

昨天看了小說。之後,看了電視。

会議に参加するのは、田中、木村、それから、鈴木です。

參加會議的人是田中、木村,還有鈴木。

顔を洗い、歯を磨き、それから、髭を剃った。

洗臉、刷牙,然後刮鬍子。

## 🐾 これから

これからどうするの？

**今後／往後／接下來 你打算怎麼辦？**

### ★進階說明

以下再提供一些例句，幫助各位進一步理解。

急にお腹が痛くなりました。それで、トイレに駆け込みました。

**肚子突然痛了起來，因此馬上衝去廁所。**

この店は安くて美味しい。それに、駅から近いから便利だ。

**這家店便宜又好吃。而且離車站很近很方便。**

雨が降っていた。そして、風もひどかった。

**下雨了，而且風也很強。**

▶ 用「然後」有點怪，以「而且」來看會比較通順。這邊的「そして」也可用「それに」、「それから」。

リンゴとバナナと、それに、スイカを買ってきました。

リンゴとバナナと、そして、スイカを買ってきました。

リンゴとバナナと、それから、スイカを買ってきました。

**買了蘋果和香蕉，還有西瓜。**

▶ 表列舉、累加時，「それに」、「そして」、「それから」都可以使用。

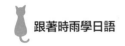

とつぜんそら ひか おお おと
突然空が光った。そして、大きな音がした。
とつぜんそら ひか おお おと
突然空が光った。それから、大きな音がした。
**突然天空發出了閃光。然後聽到了很大的聲音。**

▶ 表兩件事情連續或有順序性地發生時，可以用「そして」和「それから」。

時雨的小叮嚀

「それで、これからどうするの？（然後呢？接下來你打算怎麼辦？）」此處用「然後」來翻譯會比較通順。

由上面例句可知道，中文的「然後」在日文表現上有很多種用法，所以不需要拘泥中文，而是多了解日文本意，在轉換中文時，使用適當的詞彙即可。

# 解析「と・ば・たら・なら」

　　這幾個文法在中文裡的解釋相似度很高，因此本篇提供了詳細的說明與分析，幫助大家理解在日文中使用上的不同。

★特徵概述一：
「と」　：前句成立時，必定產生後句。
「ば」　：後句的成立取決於「前句的假設」。
「たら」：針對動作已經發生之後，提出後句。
「なら」：針對動作尚未發生之前，提出後句。

★特徵概述二：
「と」、「ば」皆可用以表示「恆常的必然條件」。
「と」、「たら」皆可用以表示「發現」。
「なら」通常為「針對已知部分」做結論。

★進階說明

　　當用於表恆常的必然條件或既定的規則時使用「と」、「ば」，如自然現象、數學定理或科學法則等，此用法不能替換「なら」，一般也不使用「たら」。

　　冬になると寒くなる。
　　一到冬天就變冷。

1に2を足すと3になる。

一加二等於三。

18歳になれば選挙権を持つことができる。

年滿十八歲就可以擁有投票權。

當用於「發現」時使用「と」與「たら」，如下：

**例 A**

1. 家に帰ると、両親は寝ていました。
2. 家に帰ったら、両親は寝ていました。

回到家時，發現父母都已經睡了。

**例 B**

1. 朝起きると、体がガチガチに固まっていました。
2. 朝起きたら、体がガチガチに固まっていました。

早上起來時，發現身體僵硬得不得了。

當針對「尚未發生的事情」進行假設時，可使用「たら」和「なら」，以下比較這兩者的差異。

「なら」的性質跟「と・ば・たら」不太一樣，通常是用於建議、勸告、希望、命令等。

「なら」跟「たら」的差別在於，「なら」是假設前句如果要發生的話，則執行或出現後句的結果。「たら」則是假設前句已經發生的話，則執行或出現後句的結果。

## ★簡易例句

富士山（ふじさん）に登（のぼ）るなら、富士宮（ふじのみや）ルートがおすすめです。

**如果要登富士山的話，我推薦走富士宮線。**

▶ 假設要爬山的話（爬山之前），建議走富士宮線。

富士山（ふじさん）に登（のぼ）ったら、頂上（ちょうじょう）で高山病（こうざんびょう）になる恐（おそ）れがある。

**如果登上了富士山，在山頂上可能會得高山症。**

▶ 假設已經爬上山了（爬山之後），在山頂上可能會有高山症。

ご飯（はん）を食（た）べるなら、手（て）を洗（あら）ってください。

**要吃飯的話，請先洗手。**

▶ 假設要吃飯的話（吃飯之前），請洗手。

ご飯（はん）を食（た）べ終（お）わったら、お皿（さら）を洗（あら）ってください。

**飯吃完的話，請洗碗。**

▶ 假設飯已經吃完了（吃飯之後），請洗碗。

　　由上述可知，「なら」是針對動作尚未發生之前，提出後句。而「たら」則是針對假設動作已經完成，提出後句。

　　我們再來仔細看一下「なら」這個句型，「なら」的後句通常為建議、勸告、希望、命令等。

例：

遠いならバスで行きましょう。

**如果很遠的話就搭公車去吧。**

嫌ならやめてもいいですよ。

**如果不要，可以拒絕沒關係喔。**

図書館へ行くなら、自転車が便利です。

**如果要去圖書館，騎腳踏車會很方便。**

※「なら」的前面可以加上「の」、「ん」，意思差別不大。

　　例：図書館へ行くのなら、自転車が便利です。

最後看到「ば」的用法，多表示為期望。來看個例子：

○ 教科書を読むと、眠くなります。

　　**一看課本就想睡。**

○ 教科書を読んだら、眠くなります。

　　**看了課本就想睡。**

× 教科書を読めば、眠くなります。

　　**如果看課本，就可以想睡覺？？**

○ 教科書を読めば、合格できる。

　　**念書就會及格。**

上句也適用於：後句的成立取決於「前句的假設」的用法。

教科書を読めば、合格できる。

**念書就會及格。**

▶ 要及格的話（假設）➡ 必須念書（條件）。

## ★快速整理

如果難以區分「と‧ば‧たら‧なら」的差別，那最快的方法就是：使用範圍最廣的文法：たら。

「たら」是應用範圍最廣的文法，它最大的特徵就是「過去式」（假設事情已經發生）。因此，若是用於假設尚未發生就改用「なら」，否則就是用「たら」最為保險。

○ 見るとわかる。
看了就知道。

○ 見たらわかる。
看了就知道。

○ 雨が止めば出かけます。
雨停就出門。

○ 雨が止んだら出かけます。
雨停就出門。

○ 富士山に登るなら、富士宮ルートがおすすめです。
如果要登富士山，建議走富士宮線。

× 富士山に登ったら、富士宮ルートがおすすめです。
如果已經登上了富士山的話，建議走富士宮線？？

　　以上只是提供便捷的方法，但不是百分之百都適用，有些句子雖然文法可能沒有錯，卻不太自然，因此要自然運用的話，還是建議多閱讀句子。

　　例如，上述提到的句子：教科書（きょうかしょ）を読（よ）めば、合格（ごうかく）できる。（念書就會及格）這句雖可使用「たら」，但語感不一樣，「教科書（きょうかしょ）を読（よ）んだら、合格（ごうかく）できる」是順接條件，表示如果讀書的話就會自然產生合格的結果。

　　而其他像是表恆常條件，則是用「と」或「ば」。恆常條件包含：自然現象、數學定理、既定規則、科學法則等。

# 「に」和「で」

　　助詞「に」和「で」都可以表示動作的場所。一般來說，具有存在性質的動詞或靜態動作用「に」表示場所，如「猫が部屋にいる」。動態動作則用「で」表示場所，如「猫が部屋で遊ぶ」。

## ★簡易例句

 に

私は台湾に住んでいます。（で ×）
**我住在台灣。**

船が海に浮かんでいます。（で ×）
**船浮在海面上。**

部屋に猫がいます。（で ×）
**房間裡有貓。**

 で

図書館で勉強します。（に ×）
**在圖書館讀書。**

運動場でサッカーをしています。（に ×）
**在操場上踢足球。**

プールで泳いでいます。（に ×）
**在游泳池游泳。**

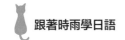
## ★加上「は」的用法

　　有時可以看到加上「は」的用法，根據不同的句子，大致可分為「主題化」與「對比」，如以下例子。

【主題化】

この町には多くの観光客が訪れる。

這個城鎮有很多觀光客造訪。

台湾ではバイクで通勤するのが一般的です。

在台灣騎機車通勤是很普遍的。

　　上述的「は」屬於「主題化」的用法，將其作為主題來進行描述，因此後面會有對應的述語。

【對比】

欲しいものがこの店にはない。（其他店可能有）

這家店沒有我想要的東西。

彼は日本では有名だ。（在其他國家不一定有名）

他在日本很有名。

　　以上的主題化與對比的例子，其「で」表示的是範圍，指在這個範圍內的現象。

　　※ 「で」除了用於動態動作的場所外，也用於表示「範圍」，後接「一番」、「最も」等詞彙時，後項多為形容詞、形容動詞或形狀動詞，這類的句子不使用「に」。如「日本で最も有名な人」、「台湾で最も美しい町」、「世界で一番頭がいい人」、「果物の中で一番好きなもの」、「この中で最も優れている製品」。

## 解析「そうだ・ようだ・らしい・みたいだ」

中文的「好像」在日文表現有「そうだ」、「ようだ」、「らしい」、「みたいだ」四種，其中「そうだ」又分「傳聞」跟「樣態」不同的接續方式。由於用法相近，因此也是學習者容易混淆的文法之一，以下就來看看有什麼差別。

> そうだ（傳聞）：將聽來或看到的情報轉述他人。
> そうだ（樣態）：根據眼前景象做出主觀的預測。
> らしい（推量）：根據可靠的客觀情報加以判斷。
> ようだ（推量）：依據自身的感覺做的主觀推斷。
> みたいだ（推量）：依據自身的感覺做的主觀推斷。

下方的表格，更有助理解。

「🐾」代表成分高，沒有「🐾」是成分低或者沒有：

| 基準 | そうだ（傳聞） | そうだ（樣態） | らしい | ようだ | みたいだ |
|---|---|---|---|---|---|
| 主觀 | | 🐾 | | 🐾 | 🐾 |
| 客觀 | 🐾 | | 🐾 | | |
| 傳聞 | 🐾 | | 🐾 | | |
| 自覺 | | | | 🐾 | 🐾 |

＊ 「みたいだ」跟「ようだ」一樣，只是「みたいだ」較偏向口語，另外，口語中經常省略「だ」，如「木村さんも知らないみたい。」

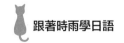

## ★簡易例句

### 🐾 そうだ（傳聞）

　　將聽到或看到的情報（例如某人說或網路上說的資訊）直接傳達給他人。此用法經常和「によると」相呼應。中譯多為「聽說」。

　　例：

　　早上看新聞，天氣預報說明天會下雨，這時候便可說：

てんきよほう　　　　　　　あした　あめ　ふ
天気予報によると、明日は雨が降るそうです。

　　根據天氣預報，聽說明天會下雨。

### 🐾 そうだ（樣態）

　　根據眼前看到的景象，對即將發生的事做出主觀的預測。

　　例：

　　現在的天空烏雲密布，遠方雲霧不見山頭，不時雷鳴作響，看這情況八成是要下雨了。這時候便可說：

あめ　ふ
雨が降りそうです。

　　好像快下雨了。

　　※ 注意是眼前景象，如果人在東京說大阪好像要下雨，就不可以用「降りそうだ」。而如果是看電視或是從朋友那聽到的，要改為傳聞的「降るそうだ」，或者是客觀條件（情報）的「降るらしい」。

## ❤ らしい（推量）

將聽到或看到的外在情報（如新聞、朋友說的）或景象所做的客觀推斷，但自己判斷的成分較少（就是比較客觀的意思）。

【外在情報】

早上看新聞，天氣預報說明天會下雨，這時候便可說：

天気予報によると、明日は雨が降るらしいです。

根據天氣預報，明天好像會下雨。

山田さんによると、東京は今雨が降っているらしいです。

聽山田說，東京現在好像在下雨。

【景象】

看到地上濕濕的，可能是因為剛剛有下雨。這時候便可說：

さっき、雨が降ったらしいです。

剛剛好像有下雨。

## ❤ ようだ（推量）

根據外來的情報（例如聽到或看到），或者以自己的經驗或感覺作為依據，對這個依據做出主觀的推斷。

例：

今天的天空陰陰的，周圍濕氣很高，根據過往的經驗及自己的感覺，猜想明天大概會下雨吧。這時候便可說：

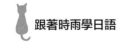
明日は雨が降るようです。

**明天大概會下雨。**

＊補充：更常見的說法是「明日は雨のようです。」

### みたい（推量）

基本上就是「ようだ」的口語，只是「みたい」只有「主觀推測（推量）」、「比喻（比況）」、「舉例（例示）」三個用法。不能用在「狀態演變」、「祈願」等其他用法上。

表示狀態演變：囲碁が打てるようになった。（變得會下圍棋了。）
表示希望祈願：試験に合格できますように。（希望通過考試。）

以上可以用「ようだ」，不可用「みたい」。
× 囲碁が打てるみたいになった。
× 合格できるみたいに。

### ★進階例句

以上是各用法的特徵介紹，不過有些其實相通、可以互換的。

例：

### 傳聞的「そうだ」跟「らしい」相通之處：

天気予報によると、明日は雨が降るそうです。

▶ 聽說。

天気予報によると、明日は雨が降るらしいです。

▶ 客觀條件。

🐾 「ようだ」跟「らしい」相通之處：

誰か来たようです。

▶ 主觀成分高。

誰か来たらしいです。

▶ 客觀成分高。

🐾 樣態的「そうだ」跟「ようだ」相通之處：

雨が降りそうだ。

▶ 眼前即將發生的預測。

雨が降るようだ。

▶ 自身經驗感覺的猜想。

　　「そうだ」有即將發生的急迫性；「ようだ」則是根據經驗或感覺做的判斷，沒有急迫性。

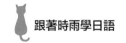

延伸介紹　っぽい・らしい・みたい

「っぽい」是很常見的用詞，跟「みたい」很接近，差別是「っぽい」具有「強烈的〇〇傾向」，比如說「怒りっぽい（易怒傾向）」、「男<ruby>男<rt>おこ</rt></ruby>っぽい（行為舉止像個男生）」。

以「<ruby>子供<rt>こども</rt></ruby>」為例，來看看差別：

<ruby>子供<rt>こども</rt></ruby>っぽい：像個小孩一樣。（行為舉止像個孩子）

<ruby>子供<rt>こども</rt></ruby>らしい：小孩有小孩的樣子。（符合期待）

<ruby>子供<rt>こども</rt></ruby>みたい：像個小孩一樣。（比喻用法）

「っぽい」多伴隨負面意思，例如「<ruby>子供<rt>こども</rt></ruby>っぽい」就是指好好一個大人卻沒有大人該有的行為，做事情像個小孩一樣，心智年齡不符合實際年齡。不過並不是所有句子都是負面意思，因為「っぽい」本身並不帶有褒貶之意，只是跟「らしい」比起來，「っぽい」較常使用於負面情況，因此多伴隨負面意思。

<ruby>男<rt>おとこ</rt></ruby>っぽい：（女生）行為舉止像個男生。

<ruby>男<rt>おとこ</rt></ruby>らしい：（男生）有男生的樣子（符合期待）。

<ruby>男<rt>おとこ</rt></ruby>みたい：像個男生（比喻用法，無關褒貶）。

# 「それで」和「そこで」

「それで」與「そこで」長得很像，但有什麼不同呢？以下將針對兩者的用法進行說明。

## ★簡易例句

**接續詞 それで**

私は最近、タバコをやめました。それで健康になりました。

我最近戒了菸，因此變得健康了。

▶ 基於前項理由自然產生的後項結果，多譯為「因此、所以（≒そのために、それだから）」。

雨が降りました。それで、試合は中止になりました。

下雨了，因此比賽中止了。≒ので

▶ 為了延續話題的接續詞，多譯為「然後、所以（≒そして）」。

### 會話例

A：明日、試験がある。

明天有考試。

B：それで？

然後呢？

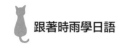

A：今日は早く帰って勉強したい。

我想早點回去念書。

這裡為催促下文的表現，屬慣用說法，不會使用「そして」。

口語中經常省略成「で」，例如：

A：明日、試験がある。

明天有考試。

B：で？

然後呢？

A：今日は早く帰って勉強したい。

我想早點回去念書。

接續詞 そこで

足をケガした。そこで病院へ行くことにした。

腳受傷了。因此（為此）決定去醫院。

▶ 針對前項內容，做出後項結果，多譯為：「為此、因此、於是
（≒そういうわけで）」。

田中さんは楽屋へ行った。そこで高橋さんと話を始めた。

田中去了休息室，在那裡和高橋聊起話來。

▶ 於該地點做動作。即「そこ（該處）＋で（表動作場所）」。

そこで諦めちゃだめだよ。

不可以在這時候放棄哦。≒この時に

▶ 表當下的時刻，多譯為「此時、這時候（この時）」。

## ★差異比較

在表示「因為～所以」當中，「それで」和「そこで」的用法相似，以下針對這兩者說明：

> それで：前後文較具有因果關係。
>     A 原因 ＞ 自然產生 ＞ B 結果
> そこで：較無因果關係，偏向解決手段。
>     A 原因 ＞ 為了解決而產生 ＞ B 動作

接下來我們用「病気になった」的例子來看看有什麼樣的差異：

病気になった。それで、病院に行った。

生病了。所以去醫院。

▶ 生病 ＞ 自然產生 ＞ 去醫院的結果。

病気になった。そこで、薬を飲んだ。

生病了。因此吃藥。

▶ 生病 ＞ 為了解決 ＞ 吃藥。

## ★再多看一些句子

○ 病気<sub>びょうき</sub>になった。それで、薬<sub>くすり</sub>を飲<sub>の</sub>んだ。

▶ 生病 > 自然產生 > 吃藥這個動作。

○ 病気<sub>びょうき</sub>になった。そこで、薬<sub>くすり</sub>を飲<sub>の</sub>んだ。

▶ 生病 > 為了解決 > 吃藥。

○ 病気<sub>びょうき</sub>になった。それで、病院<sub>びょういん</sub>に行<sub>い</sub>った。

▶ 生病 > 自然產生 > 去醫院的結果。

○ 病気<sub>びょうき</sub>になった。そこで、病院<sub>びょういん</sub>に行<sub>い</sub>った。

▶ 生病 > 為了解決 > 去醫院。

○ タバコをやめました。それで健康<sub>けんこう</sub>になりました。

▶ 戒菸 > 自然產生 > 健康的結果。

× タバコをやめました。そこで健康<sub>けんこう</sub>になりました。

▶ 戒菸 > 為了解決 > 變健康？

※ 在口語表現上較常使用「から」，像是「病気<sub>びょうき</sub>になったから、病院<sub>びょういん</sub>に行<sub>い</sub>った。」

時雨的
小叮嚀

「それで」跟「そこで」相比的情況，「それで」
的應用範圍較廣，因此多可互換。如不確定如何
使用，用「それで」基本上不會有問題。

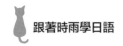

「から」和「ので」

　　「から」跟「ので」都是表示「原因、理由」，不過語氣上「から」比「ので」要來得強硬且主觀。當面對上司或長輩時，建議使用「ので」較客氣。

　　以下來看看這兩者的差別吧！

| から | 主觀 | 感性 | 較無因果關係 |
| --- | --- | --- | --- |
| ので | 客觀 | 理性 | 因果關係較強 |

**情境 A**

先生：どうして遅刻したんだ？

　　　為什麼遲到了？

生徒：電車が遅れたから、遅刻したんです。

　　　因為電車來遲了啊，所以才遲到。

　　▶ 是電車的錯，我有什麼辦法！

**情境 B**

先生：どうして遅刻したんだ？

　　　為什麼遲到了？

生徒：電車が遅れたので、遅刻しました。

　　　因為電車來遲，所以遲到了。

　　▶ 雖然電車來遲了，但我也有錯。

雖然以上都是表達原因，不過情境 A 的回答偏向找藉口的感覺，「から」帶有主觀且強硬的理由，在這裡有將「遲到」的原因完全歸給「電車來遲」的意思。而情境 B 是較為客觀說明原因理由，表示「遲到」的原因跟「電車來遲」有因果關係，較沒有推卸責任的語氣。

### ★簡易例句

藤原さんは風邪を引いたので、学校を休みました。（○）
藤原さんは風邪を引いたから、学校を休みました。（△）

藤原同學因為感冒，所以請假。

上句是客觀說明藤原沒來的原因（感冒 ➜ 請假），下句會過於強烈主張，顯得藤原同學請假理所當然，因此不建議這樣使用。

由於「ので」偏向客觀地說明前因後果，因此在大部分的情況下，使用「ので」會較來得委婉、客氣，但並不是所有的情況都可以用「ので」，以下舉三個注意事項：

一、「ので」後面不接「です」。

○：好きだからです。
×：好きなのでです。

因為我喜歡。

▶「ので」後面多半還有下文，如沒有出現下文則表示省略。

○：好きなので、買いました。

因為我喜歡，所以買了。

○：好きなので……（後面省略）

因為喜歡……

二、「ので」不用在命令或禁止的情況。

○：間に合わないから早く行け！

×：間に合わないので早く行け！

趕不上了，快點給我去！

三、不具有合理性的因果關係宜用「から」。

○：月が出ているから、明日も晴れるだろう。

×：月が出ているので、明日も晴れるだろう。

月亮出來了，明天應該也會放晴吧。

▶「月亮出來」並不是造成「放晴」的「因」，因此不具有合理的因果關係，這時候宜用「主觀判斷」的「から」。

# 「ところが」和「ところで」

「ところが」和「ところで」只差一個字，但是意思不同。

動詞過去式「た」＋「ところが」是指後句發生的事情與預期不同，且出乎意料。

而動詞過去式「た」＋「ところで」則是「即使～／縱然～」的意思，跟「ても」相似，但「ところで」多用於負面、否定，表示無論前項做什麼事情，也不會有理想的結果。

> ところが：（沒想到）卻～
>
> ところで：即使～／縱然～

## ★簡易句型

 ところが

手伝（てつだ）おうとしたところが、かえって邪魔（じゃま）をしてしまった。
**本來想幫點忙，結果反而造成麻煩。**

ローンで家（いえ）を買（か）ったところが、地震（じしん）で家（いえ）が倒壊（とうかい）してしまった。
**貸款買了房子，沒想到卻因為地震倒塌了。**

▶ 「ところが」還有另一種意思，當放在句首時表示結果和預期不同，多譯為「然而、可是」等，例如「合格（ごうかく）できると思（おも）っていた。ところが、不合格（ふごうかく）だった。（我以為肯定會及格。然而，結果還是不及格）」。

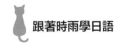

ところで

もうこれ以上議論したところで無駄だ。

**再這樣討論下去也沒有意義。**

何を言ったところで何も変わらない。

**不管說什麼都不會改變的。**

▶ 「ところで」還有另一種意思，當放在句首時表示轉換話題，
多譯為「順道一提、話說回來」等，例如「ところで、もしかし
てスマホ換えた？（話說回來，你該不會換了手機？）」。

# 「気分」、「機嫌」、「気持ち」

　　日文常見的問題之一便是「心情」的表現了。跟心情有關的日文有「気分」、「機嫌」以及大家最熟悉的「気持ち」，不過「心情的好壞」是用「気分」或「機嫌」。而「気持ちいい」是指生理上的舒服（如按摩）；「気持ち悪い」則是感到不舒服（例如，覺得小強很噁心、或是頭暈想吐）。

## 気分

**気分がいい**：指心情上的愉悅、爽快。

**気分が悪い**：指健康上的不舒服（如頭痛）或對某件事感到生氣。

## 機嫌

**機嫌がいい**：指心情好（多用在他人身上）。

**機嫌が悪い**：指心情不好、生氣（多用在他人身上）。

## 気持ち

**気持ちがいい**：指身體上的舒服，例如：按摩。

**気持ちが悪い**：多用在心理上的不舒服，如蟑螂很噁心；也可以用在

　　　　　　　　　生理上的噁心，如喝酒喝過頭，覺得不舒服。

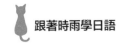

★簡易句型

### 気分 (きぶん)

天気 (てんき) がいいので気分 (きぶん) がいい。

**天氣很好，心情真好。**

今日 (きょう) は酒 (さけ) を飲 (の) みたい気分 (きぶん) だ。

**今天很想喝酒。**

▶ 心情上想這樣做。

あんな奴 (やつ) に騙 (だま) されて、気分 (きぶん) が悪 (わる) い。

**被那種傢伙騙，真惱人。**

＊身體不適也可以用「調子 (ちょうし) が悪 (わる) い」。

### 機嫌 (きげん)

是從外觀上察覺到的心情，因此多半用在他人身上，鮮少用在
自己身上。

今日 (きょう) は機嫌 (きげん) がいいね。何 (なに) かいいことあったの？

**你看起來心情很好呢，有什麼好事嗎？**

あの人 (ひと) は気難 (きむずか) しい人 (ひと) だから、機嫌 (きげん) を損 (そこ) ねないように。

**那個人很難搞，最好不要得罪他。**

ご機嫌よう！

**你好／祝順安。**

🐾 **気持ち**

靴が湿っていて気持ち悪い。

**鞋子濕濕的感覺不舒服。**

▶ 生理方面。

ヘビは気持ち悪いから嫌いだ。

**我覺得蛇很噁心所以討厭。**

▶ 心理方面。

足裏マッサージは気持ちいい！

**腳底按摩很舒服！**

▶ 生理方面。

飲みすぎて気持ち悪い。

**喝太多了覺得不舒服。**

▶ 生理方面。

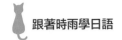

「気持ちがいい／悪い」經常省略「が」，而唸作「気持ちいい」或「気持ち悪い」。另外，還有更精簡的字：「きもい」就是「気持ち悪い」的意思。

而單獨一個「気持ち」單字，中文是「心情、心意」，但跟心情好不好沒有關係，例如「私の気持ち分かる？」（你了解我的心情嗎？）、「ほんの気持ちです」（一點小小的心意）。但如果是搭配「嬉しい気持ち」或「悲しい気持ち」則可以表示「開心的心情」、「悲傷的心情」。

時雨的小補充

「気分がいい」在不同句子上的意思會跟中文稍有不同（例如：涼風吹來很舒爽≠中文的心情好），但一般中文說的「心情好」也可以用「気分がいい」、「いい気分」來表示。所以，中文的「轉換心情」在日文裡就是「気分転換」，而非「気持ち転換」。

## 「知る」和「分かる」

「知る」跟「分かる」都可以譯為「知道」，在中文表現上似乎沒有差別，但日文則分為「獲取訊息」與「理解訊息」。

在日本，對於學習方式有一種說法：「知る→分かる→出来る→教える」，從這個觀念可以清楚知道它們的分別，也就是「知道（新訊息跑進腦袋）→了解（理解這個訊息）→學會（能夠活用）→教導（教予他人）」。

知る ：用於獲得的知識、情報或經驗。助詞用「を」；可用於「受身」（知られる 〇）、「希望」（知りたい 〇），與「可能」（知ることができる 〇）。

分かる：表示理解、搞懂。助詞用「が」；不可用於「受身」（分かられる ✕）、「希望」（分かりたい ✕），與「可能」（分かることができる ✕）。

※ 以文法規則來講，「分かりたい」是錯誤說法；但也有人會用「～を分かりたい」來表達「想理解」的意思。

以下例子兩種都可以用，但意思不太一樣：
使い方を知らないので教えてください。
我不知道使用方法，請告訴我。

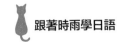

使い方が分からないので教えてください。

我不懂使用方法，請告訴我。

► 例句一是完全沒聽過使用方法，不知道操作。而例句二是因為沒聽過使用方法，所以不懂；或者已經知道使用方法了，但還是不懂。

因此有「知る」到「分かる」這樣的過程，但是沒有「分かる」到「知る」這樣的過程。

例：様々な生物が知られているが、その生態はまだよく分かっていない。

許多生物是廣為人知的，但對其生態卻不是很瞭解。

而當問別人「你知道嗎？」時，要用「知っていますか ○」而不是「知りますか ✖」。

「知る」的否定為「知りません ○」（我不知道），而不是用「知っていません ✖」。

「分かる」則是都可以用。加上「ている」表示早就知道的事情，如「分かっている（早就知道）」。所以，對於對方的指導，應該說「分かりました」（我知道了），而不建議用「分かっています」（我早就知道了）。

※「分かっていない」是還處於無法理解的狀態之意。

| 分かる | | 知る | |
|---|---|---|---|
| 提問 | 回答 | 提問 | 回答 |
| 分かりますか | 分かります | [註1]<br>※知りますか | [註1]<br>※知ります |
| | 分かりません | | [註1]<br>※知りません |
| 分かっていますか | 分かっています | 知っていますか | 知っています |
| | 分かっていません | | 知りません |

[註1]

如果是用於詢問未來是否會得知的疑問句可以用「知りますか」，此時回答也可以用「知ります」，不過這樣的情況比較特殊，例子也很少。

A：主人公は今後、真犯人が誰かを知りますか。
　　主角今後會知道真兇是誰嗎？

B：はい、知ることになります。／いいえ、知らないままです。
　　會，會知道。／不，不會知道。

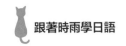
# 「つまらない」、「退屈」、「くだらない」

「つまらない」、「退屈」、「くだらない」這三者在中文解釋上都是「無聊」，而日文語意上則有所分別。以下說明三者的差異。

## つまらない ≒ 面白くない（boring）

**形容詞**

「つまらない」一詞是由「つまる」的否定形「つまらない」而來的。

「つまる」的原始意義是指有如結局般的結束、了斷，猶如推理小說最終水落石出，讓人看得津津有味。換言之，「つまらない」就是沒有結局，意猶未盡，延伸出「索然無味、無聊」之意。所以，如果看一部影片，看到想睡著，一點都不有趣，覺得這部影片很無聊，那麼就可以說「この動画はつまらない」。

## 退屈 ≒ 暇（bored）

**形容動詞**

「退屈」是來自佛教用語，原本指歷經苦行筋疲力盡，修練之心開始消退（後退する），精神也逐漸委靡不振（萎えて屈する），最後產生了想要脫離苦海的念頭。後來衍伸成了無所事事、百無聊賴等意思。所以如果沒有想看的影片，覺得很無聊，也不知道要做什麼，那麼就可以說「退屈」。

另外，「退屈」有因為太閒而感到困擾的含意，因此會想找事做，如果沒有事情可做就很無聊，而「暇」則是單純閒閒的、有空的意思，悠悠哉哉在家裡滾來滾去就是「暇」。

## くだらない ≒ 価値がない（worthless）

**形容詞**

「くだらない」是「下る」的否定形「くだらない」而來的。

「くだらない」的由來眾說紛紜，有一說法是古代時從北方運往都市江戶的上等好物，因路徑為南下（下る），因此稱為「下りもの」，而江戶附近的「非南下之物（下らないもの）」多半則被視為下一品的低等物品，因此才有了「くだらない（不是北方送來的好物）」的戲稱，後來衍伸為「沒有價值的東西」。

另有一說，「下る」本身帶有「通じる」的意思，也就是「理解、相通」之意，「下らない」就是「無法理解、無法相通」的意思，衍伸為「沒有意義（意味がない）」，沒有意義就沒有價值：「沒有價值（価値がない）」。

### ★快速整理

在此，我們用例句快速整理一下這三者不同的語感。

つまらない人生。
無趣的人生。

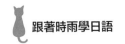
つまらない授業だな。
**這堂課真無聊啊！**

退屈な人生。
**平淡無聊的人生。**

退屈だなあ、何をしようかな。
**好無聊喔，要來做什麼好呢？**

くだらない人生。
**毫無意義的人生。**

あいつはまた、くだらないことでケンカした。
**那傢伙又為了無聊小事而打架。**

上述的「つまらない授業」就是老師的課很無趣，講話都像催眠曲。

「退屈な授業」就是這堂課很無聊，讓人不禁想找事情做以打發時間，如滑手機、看小說。

而「くだらない授業」就是這堂課根本連價值都沒有，師資是怎麼聘來的都讓人懷疑，或是受課者認為這堂課對他一點意義都沒有。

## 延伸介紹　常見的「謝謝」與「我知道了」的過去式與非過去式的差異

日文的「謝謝」跟「我知道（了）」有分「過去式」和「非過去式」，由於中文並沒有時式變化，因此學習者常常搞不清楚過去式和非過去式的差別。

以下，就來看看日文的「謝謝」及「我知道（了）」在時式表現上，有什麼不一樣的地方。

### ありがとうございます V.S. ありがとうございました

最基本的概念，仍是在時式問題上，一個是「當下」的感覺，一個則是「過去」的感覺。

ありがとうございます：
在獲得對方幫助時或處於承蒙恩惠的狀態下，予以感激。

例：有人讓座 → 坐下 → 對當下承蒙的恩惠表達感謝。

ありがとうございました：
承蒙恩惠的狀態即將結束或已結束時，給予感激。

例：有人讓座 → 坐下 → 準備下車離開時 → 對剛剛的恩惠表示感謝。

以上是舉例，由於被讓座時通常會直接說謝謝，所以一般是第一種情況；不過離開時如果想再次道謝，就要用第二種。

換言之，端看說話者對於感激的時機是取決於什麼時候，當說話者仍處於承蒙恩惠的狀態時，使用「ありがとうございます」。但如果承蒙的恩惠即將結束或已經結束，則使用「ありがとうございました」。

另外，「ありがとうございます」有一種持續感激、未完，或是希望彼此的關係可以持續下去的感覺。

例：ご利用ありがとうございます。またのお越しをお待ちしております。

　　謝謝惠顧，期待您再次光臨。

「ありがとうございました」則是有一種過去、完了、道別、結束的語感。

例：この半年の留学期間中、いろいろとお世話になりました。ありがとうございました。

　　這半年的留學期間，承蒙您多方關照。謝謝您。

🐾 わかりますV.S. わかりました

常常也可以聽到「わかります」跟「わかりました」，中文解釋上都叫做「我知道／我知道了」，究竟有什麼區別呢？

わかります：

這件事情原本已經知道，回答別人：「我知道」。

わかりました：

這件事情是透過別人告知才了解，回答別人：「我知道了」。

看個例句更清楚──

❶ この数学の問題は分かりますか？

**這題數學你會嗎？**

はい、わかりますよ。

**是，我會哦。**

❷ この数学の問題はこうやって解くんだよ。

**這題數學要這樣解哦！**

はい、わかりました！

**是，我知道了！**

▶ 「原來如此！」的感覺。

## 日文的「27 時」到底是幾點？

　　日本節目的播放時間，常常可以看到超過 24 小時的寫法，例如：「每週土曜 27 時 20 分」，這樣到底是哪一天的幾點呢？

　　答案是——「星期六的深夜三點」同時也是「星期日的早上三點」（星期六 27 點＝星期六 24 點＋3 點＝星期日 3 點）。

　　在日本電視節目或廣播節目的時間表上，大多都不是以 24 小時來劃分，而是用「深夜節目」以及「早晨節目」來劃分，所以即使已經過了午夜 12 點，日期已經變更了，只要節目表還沒替換（深夜節目・早晨節目），當日就還沒結束，因此才會出現「土曜 27 時」這類的時間。

　　「土曜 27 時」＝星期六深夜三點＝星期日清晨三點

　　而「土曜 3 時」則是「星期六清晨三點」＝「金曜 27 時」（星期五深夜三點）」。

| 土曜 27 時 ||
| :---: | :---: |
| 土曜深夜3時 | 日曜午前3時 |
| 深夜番組 | 早朝番組 |

# 第2卷

## 易混淆助詞解析

助詞一直是學習者的關卡,看似簡單的助詞在簡單的句子中,也經常發生混淆的現象。舉個例子,我曾讓大家練習寫「我想邀請她去看電影」,結果意外發現絕大多數人無法造出這樣的句子,這句話只用到 N5 的文法,雖然有一個單字可能比較難(邀請:誘<sup>さそ</sup>う)。

不過,最重要的是助詞的運用,許多人寫成邀電影看她,或是和她一起去邀電影,這些都是因為助詞放錯位置了。正解是「彼女<sup>かのじょ</sup>を映画<sup>えいが</sup>に誘<sup>さそ</sup>いたい」或「彼女<sup>かのじょ</sup>を誘<sup>さそ</sup>って映画<sup>えいが</sup>を見<sup>み</sup>に行<sup>い</sup>きたい」,邀約的對象用「を」,邀約的目的用「に」。各位在學習助詞時,需多留意例句的用法及多看文章,相信很快就能實際活用助詞。

助詞分類：副助詞、格助詞、接續助詞、終助詞

　　日文助詞又可細分為副助詞、格助詞、接續助詞、終助詞等，了解不同助詞的定義也可以幫助理解並活用，比如說「から」有分為格助詞的「から（表示起始）」，跟接續助詞的「から（表示原因、理由）」，兩者定義不同，用法也不同，以下為各位整理出各種助詞的分類及用法，相信可以對助詞有更深一層的認識。

| | 副助詞 |
|---|---|
| | 格助詞 |
| 助詞 | 接續助詞 |
| | 終助詞 |

🐾 副助詞

　　接於各品詞之後，其用途極廣，如主題、強調、舉例、類推、並列、程度、完畢等，能夠賦予句子各種意義。

❶ 區別：「は」　　　例：夏は暑い。（表示主題）

❷ 強調：「こそ」　　例：君こそ立派だ。

❸ 舉例：「でも」　　例：お茶でも飲みませんか。

❹ 類推：「さえ」　　例：子供さえできる。

❺ 並列：「も」　　　例：弟も妹も中学生だ。

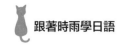

❻ 限定：「だけ」　　　例：真田さんだけ来ていない。

❼ 程度：「ほど」　　　例：10 キロほど減った。

❽ 完畢：「ばかり」　　例：帰ったばかりだ。

❾ 選擇：「か」　　　　例：明日かあさって行く。

❿ 數量：「ずつ」　　　例：1 つずつ取ってください。

⓫ 不確定：「やら」　　例：誰やら来たようだ。

　　以上為常見分類，還有很多用法，有些又有重疊但不同意思。所以，以下方的表格來統整，更能一目了然：

| ❶ 區別 | は | | |
| ❷ 強調 | こそ | | |
| ❸ 舉例 | でも | だって | など |
| ❹ 類推 | さえ／すら | だって | まで |
| ❺ 並列 | も | なり | |
| ❻ 限定 | だけ／しか | きり | のみ |
| ❼ 程度 | ほど | くらい | |
| ❽ 完畢 | ばかり | | |
| ❾ 選擇 | か | | |
| ❿ 數量 | ずつ | ほど | くらい |
| ⓫ 不確定 | やら | か | |

　　其中每個助詞都有很多種意思，例如「は」除了表示主題（區別）之外，還有「強調」、「對比」等用法，「も」除了並列之外也有「類比」的用法等等。

## 😺 格助詞

接於無活用之後（多用於體言，如名詞、代名詞等），用以表示前後詞語之間的關係。

❶ 主述關係：「が」 　　　　例：海<ruby>海<rt>うみ</rt></ruby>が<ruby>青<rt>あお</rt></ruby>い。

❷ 連體修飾：「の」 　　　　例：<ruby>私<rt>わたし</rt></ruby>の<ruby>車<rt>くるま</rt></ruby>。

❸ 連用修飾：「を・に・へ・で」 例：ビールを<ruby>飲<rt>の</rt></ruby>む。<ruby>日本<rt>にほん</rt></ruby>へ<ruby>行<rt>い</rt></ruby>く。

❹ 表示並列：「と・や・に」 　例：<ruby>本<rt>ほん</rt></ruby>とペン。<ruby>肉<rt>にく</rt></ruby>や<ruby>野菜<rt>やさい</rt></ruby>。

❺ 表示起始：「から」 　　　　例：<ruby>午後<rt>ごご</rt></ruby>3<ruby>時<rt>じ</rt></ruby>から<ruby>始<rt>はじ</rt></ruby>める。

❻ 表示基準：「より」 　　　　例：<ruby>僕<rt>ぼく</rt></ruby>より5<ruby>歳年上<rt>ごさいとしうえ</rt></ruby>だ。

日本學生為了有效率地背這些格助詞，發明了個有趣的句子：

<ruby>鬼<rt>おに</rt></ruby>が<ruby>戸<rt>と</rt></ruby>より<ruby>出<rt>で</rt></ruby>、<ruby>空<rt>から</rt></ruby>の<ruby>部屋<rt>へや</rt></ruby>

を、に、が、と、より、で、から、の、へ、や

⬆ 第一個「を」發音同「お」（聯想音），這句的意思可以解釋為「鬼從門那裡出來，房間空了」。

由於接續助詞跟終助詞都滿好辨認，因此其他的助詞，除了「<ruby>鬼<rt>おに</rt></ruby>が<ruby>戸<rt>と</rt></ruby>より<ruby>出<rt>で</rt></ruby>、<ruby>空<rt>から</rt></ruby>の<ruby>部屋<rt>へや</rt></ruby>」之外都是副助詞，這個口訣應該滿管用的吧？

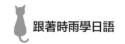

## 🐾 接續助詞

用於活用語之後（用言或助動詞），表示順接、逆接、假定、並列等。

❶ 順接：「から」　　例：疲れたから寝よう。

❷ 逆接：「が」　　　例：難しいが覚えてほしい。

❸ 假定：「ば」　　　例：練習すれば上手になる。

❹ 並列：「し」　　　例：イケメンだし、頭もいい。

❺ 並行：「ながら」　例：音楽を聞きながら勉強する。

❻ 列舉：「たり」　　例：音楽を聞いたり、小説を読んだりする。

以上為常見分類，還有很多用法，有些又有重疊但不同意思。

同樣地，以下方的表格來統整，更能一目了然：

| ❶ 順接 | から | て | ので | |
|---|---|---|---|---|
| ❷ 逆接 | が | ても | けど | のに |
| ❸ 假定 | ば | と | | |
| ❹ 並列 | し | | | |
| ❺ 並行 | ながら | | | |
| ❻ 列舉 | たり | | | |

## 終助詞

置於文末，表示疑問、勸誘、禁止、感動等感嘆語。

❶ 疑問：「か」　　　　　　　例：どうすればいいですか。

❷ 勸誘：「よ」　　　　　　　例：一緒に行こうよ。

❸ 禁止：「な」　　　　　　　例：触るな。

❹ 強調：「ぞ」　　　　　　　例：行くぞ。

❺ 感嘆：「ね」　　　　　　　例：おいしいね。

❻ 命令：「な」　　　　　　　例：早く来な。

❼ 願望：「ないかしら」　　　例：早く治らないかしら。

❽ 理由：「もの」　　　　　　例：お金がないんだもの。

❾ 加強：「さ」　　　　　　　例：だからさ……

以上為常見分類，但還有很多用法，有些又有重疊但不同意思。同樣地，以下方的表格來統整，更能一目了然：

| | | | |
|---|---|---|---|
| ❶ 疑問 | か | の | かしら |
| ❷ 勸誘 | よ | | |
| ❸ 禁止 | な | | |
| ❹ 強調 | ぞ | よ | わ |
| ❺ 感嘆 | ね（ねえ） | な（なあ） | |
| ❻ 命令 | な | よ | の |
| ❼ 願望 | ないかしら | | |
| ❽ 理由 | もの | | |
| ❾ 加強 | さ | | |

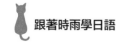

補充

　　日文的助詞扮演著相當重要的功能，失之毫釐則差之千里。以下是比較常見的問題。

　　❶ 猫の声が聞こえる。　聽到貓叫聲。

　　❷ 猫は声が聞こえる。　貓能聽到聲音。

▶ 由上述可以發現意思相差甚遠，❶是指聽到「猫の声」；❷則是「猫」能聽到「声」，兩者意思完全不同，因此助詞的使用扮演著極重要的角色。

「副助詞」跟「格助詞」的差別：

副助詞 ➡ 可以接在活用語後（用言、助動詞）。

格助詞 ➡ 無法接在活用語後。

　　❶ 寒くはない。（形容詞＋は：副助詞）〇

　　❷ 寒くがない。（形容詞＋が：意義不明）？

「格助詞」跟「接續助詞」的差別：

接續助詞 ➡ 可以接在活用語後（用言、助動詞）。

格助詞 ➡ 無法接在活用語後。

　　❶ 日曜日だから……（助動詞だ＋から：接續助詞）〇

　　　因為是星期日……　表原因／順接用法

❷ 日曜日<sub>にちようび</sub>から金曜日<sub>きんようび</sub>まで……（名詞＋から：格助詞）○

　從週日到週五……　表起始

▶ 由於兩者都是名詞「日曜日<sub>にちようび</sub>」，因此容易被混淆，但其實一個是有接助動詞「だ（表斷定）」，另一個才是接名詞「日曜日<sub>にちようび</sub>」。

> 普通體斷定的「だ」屬於助動詞，有活用。

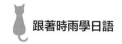

# 常用助詞「に・で・へ・と・も」

## 「に」的用法

### 1. 表時間（動作發生時的時間）

➡ <ruby>毎日<rt>まいにち</rt></ruby><ruby>6時<rt>ろくじ</rt></ruby>に<ruby>起<rt>お</rt></ruby>きる。

### 2. 表歸著點（變換位置的到達點）

➡ <ruby>日本<rt>にほん</rt></ruby>に<ruby>行<rt>い</rt></ruby>く。

### 3. 表存在場所（指人事物本身的存在場所）

➡ <ruby>教室<rt>きょうしつ</rt></ruby>に<ruby>学生<rt>がくせい</rt></ruby>がいる。

### 4. 表轉換結果（事物或狀態轉變的結果）

➡ <ruby>社長<rt>しゃちょう</rt></ruby>になる。

### 5. 表對象（單向動作所指向的對象）

➡ <ruby>先生<rt>せんせい</rt></ruby>に<ruby>会<rt>あ</rt></ruby>う。

### 6. 表次數（一個期間內包含的次數）

➡ <ruby>月<rt>つき</rt></ruby>に<ruby>1度<rt>いちど</rt></ruby><ruby>旅行<rt>りょこう</rt></ruby>する。

### 7. 表目的（移動動詞的目的）

➡ <ruby>映画<rt>えいが</rt></ruby>を<ruby>見<rt>み</rt></ruby>に<ruby>行<rt>い</rt></ruby>く。

## 😺「で」的用法

### 1. 表動作作用的場所
➡ 学校で勉強する。

### 2. 表限定或基準的範圍
➡ 果物の中で何が一番好きですか。

### 3. 表共同參與的人數
➡ ３人で歌を歌う。

### 4. 表花費時間或金錢
➡ この靴は千円で買ったのだ。

### 5. 表原因、理由
➡ 病気で会社を休んだ。

### 6. 表方法、手段
➡ バスで学校に行く。

### 7. 表材料、原料
➡ 紙で飛行機を作る。

　　「で」和「から」都可用於表示製造物品使用的原料或材料，不過有些微的差異。

　　で：多半用於原料沒有明顯變化的情況，但偶爾也會用在材料有變化的情況。

　　から：主要用於原料有明顯變化的情況，不使用於沒有變化的例子。

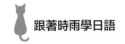
## 🐾「へ」的用法

「は」當助詞時，需要唸作「wa」。而「へ」也是同樣道理，當助詞時需要唸作「e」。

### 1. 表方向 （變換位置的指向場所）
➡ 東京へ行く。

### 2. 表對象 （單向動作所指向的對象）
➡ 友達へ手紙を書く。

## 🐾「と」的用法

### 1. 表事物的並列
➡ 野菜と果物を買う。

### 2. 表共同動作的同伴
➡ 信之助君と映画を見に行く。

### 3. 表相互動作的對象
➡ 雨子ちゃんと結婚する。

### 4. 表比較基準
➡ 私は君と違って、猫派だ。

## 「も」的用法

### 1. 類比
➡ <ruby>兄<rt>あに</rt></ruby>は<ruby>学生<rt>がくせい</rt></ruby>です。<ruby>私<rt>わたし</rt></ruby>も<ruby>学生<rt>がくせい</rt></ruby>です。

### 2. 並列
➡ <ruby>弟<rt>おとうと</rt></ruby>も<ruby>妹<rt>いもうと</rt></ruby>も<ruby>学校<rt>がっこう</rt></ruby>に<ruby>行<rt>い</rt></ruby>く。

### 3. 全部
➡ <ruby>教室<rt>きょうしつ</rt></ruby>に<ruby>誰<rt>だれ</rt></ruby>もいない。

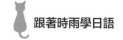
#  什麼時候用「は」，又什麼時候用「が」？

「は」跟「が」是所有日文學習者必經的天堂路，因為它們的功能太相似，都可以用來表示主體，因此學習者常常混淆，例如「老師很漂亮」的日文為「先生はきれいです」，但「月亮很漂亮」的日文通常說「月がきれいです」，一個是說明句的主題，一個是表示眼前的現象（又可解釋為客觀現象或是自然現象）。

由於「は」跟「が」的使用率非常廣泛，幾個文法沒辦法概括所有現實可能發生的情境，因此「は」跟「が」就成了最難的一對助詞。關於「は」跟「が」的差別，其用法非常多，本篇先列舉大方向的分類，以幫助學習者建立觀念。

## 副助詞「は」的用法

「は」是用來提示主題，有許多用法，以下表格整理出在初級時的常用用法：

1. 表說明句的主題
2. 表舊訊息的主題
3. 表述語疑問詞的主題
4. 表句中包含主詞的主題
5. 表強調或暗示
6. 表兩件事物的對比

## 格助詞「が」的用法

「が」也是用來提示主體,其用法也很多:

1. 表示眼前現象的主詞
2. 表新訊息的主詞
3. 表疑問詞的主詞
4. 表未知主詞的主動/被動告知
5. 表連體修飾
6. 表條件句的主詞
7. 表主題中的主詞
8. 表對象語(能力/巧拙/感情……等)

以下,就透過經典例子——「大象的鼻子」進行講解,以協助讀者快速理解「は」與「が」之間的差異。

## 「象は鼻が長い」也可以寫「象の鼻は長い」?

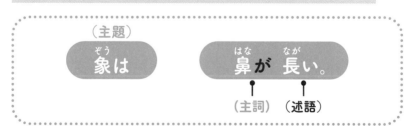

上圖的「象」就是主題,而「鼻」就是主詞。這句話的意思為「大象的鼻子很長」。

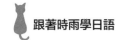

　　那麼，可以說「象の鼻は長い」嗎？視情況也是有這樣的句子，但焦點會不一樣，以下我們先來看看主題的作用。

## 主題顧名思義就是指「真正要談論的主題」

　　今天要討論的是「大象」，大象怎麼樣？牠的鼻子長、耳朵大、體重很重……等，這時候的「鼻子」、「耳朵」、「體重」都屬於其次的要件，而不是今天的主題，所以大象用「は」，其次的要件：鼻子、耳朵、體重等用「が」。

　　如果我們今天要講的主題是「鼻子」，大象的鼻子、狗的鼻子、貓的鼻子，這些鼻子怎麼樣？那麼才可以使用「鼻は長い」。例如這裡有大象跟小貓，我們要來比較牠們的鼻子，那麼可以說「象の鼻は長い。猫の鼻は小さい。」再換個情境，今天 A 的腿長，B 的腿短，我們要針對他們的腿做討論，可以說「A の脚は長い。B の脚は短い。」又例如，我們在討論班上同學誰的臉比較大，焦點放在「臉」，即為「A 君の顔は大きい。B 君の顔は小さい。」

　　因此，如果沒有前後文（並沒有在討論特定部位），突然冒出一句，例如「我的頭很痛」、「我的肚子痛」等，主題都是「我」，那麼使用「は」較自然。而我怎麼了？「頭很痛」、「肚子很痛」就成了描述句，描述句的主詞則使用「が」。

わたし あたま いた
私は頭が痛い。✔　　わたし なか いた
私はお腹が痛い。✔

## 只需要把焦點放在「は」即可

　　所以，視情況可以使用「ＡはＢがＣです」或「ＡのＢはＣです」，但有些情境並不適合「ＡのＢは～」，有些情境卻可以使用「ＡのＢは～」，如何分辨需要累積閱讀經驗去建立語感，希望本篇能為各位建立基本的概念。

　　以下再提供兩種情境示意圖：

❶ 今天要介紹大象，大象的鼻子很長，耳朵很大。

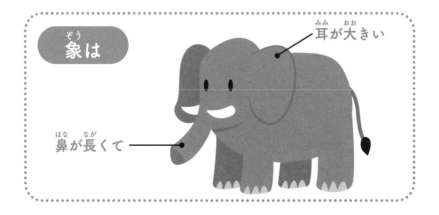

ぞう
象は

みみ おお
耳が大きい

はな なが
鼻が長くて

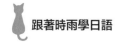
❷ 今天來談談關於大象的鼻子，大象的鼻子為什麼這麼長？

▶ 這是特定主題（整篇都在講鼻子的情況，即使如此，在這之前還是會先以「象は～」來延伸主題）。因此，一般講大象的鼻子仍是用「象は鼻が長い」，這是由於大象才是真正的主題。只有刻意聚焦在某個部位上，才會用到「象の～」。

# 不只是「但是」──「でも」的解析

　　許多學習者都知道「でも」就是「可是」或「即使」的意思，例如「でも、行きたくない（可是我不想去）」、「雨でも行きたい（即使下雨我也想去）」，不過「でも」也可以用於舉例，相當於「とか」、「なんか」等，以下來看看它們的差異性吧。

> **1. 表類推**
> **2. 表例示**
> **3. 表全面**

### 1. 表類推　　句型：名詞＋でも

舉出極端的例子來形容程度之極，稱為「類推」，多譯為「連～也～」。

例句：

そんなことは子供でもできます。
那種事情連小孩子也會。

世界をちょっとでもよくしたい。
哪怕只有一點點，也想讓世界變得美好。

どんな天才でも、世界の全てを理解するのは不可能だろう。
無論是怎樣的天才也不可能知曉天地萬物吧。

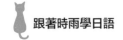

### 2. 表例示　　句型：名詞（＋助詞）＋でも

列舉某個種類，多用於詢問對方，邀約的內容則是任意舉個例子，代表還有空間可以選擇，口氣上較親和、委婉。多譯為「之類的／什麼的」。

例句：

お茶でも飲みませんか。
要不要喝茶什麼的？

テレビでも見ない？
要不要看點電視什麼的？

カフェにでも行きましょう。
去咖啡廳之類的地方吧。

### 3. 表全面　　句型：疑問詞（＋助詞）＋でも

當疑問詞（如：どこ、誰、何、いつ……）＋「でも」則表示全面性的無限範圍，多譯為「無論～都～」。

例句：

桃太郎は誰でも知っている物語です。
桃太郎是誰都知道的故事。

息子は、好き嫌いせず何でも食べる。
兒子不挑食，什麼都吃。

彼は誰にでも優しい。
他對任何人都溫柔。

# 「から」跟「まで」一起看！

當要表示「從~到~」時，日文就是「~から~まで」，從這裡可以知道「から」就是「起始」，「まで」就是「到達」，不過當「から」用於接續助詞時，就表示「原因、理由」，以下來看看各種用法：

助詞「から」有兩種，一種是格助詞，一種是接續助詞，用法如下：

**格助詞：**

表場所起點 　變換位置的場所

表時間起點 　事件開始的時間

表原料材料 　製造物品的原料

**接續助詞：**

表原因、理由

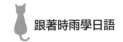 

格助詞

**1. 表場所起點**　　句型：名詞（場所）＋から

表示開始變換場所的位置。

例句：

家から会社までバイクで行きます。

從家裡騎機車到公司。

緊急時には、ここから外に出られます。

緊急情況下，可以從這裡出去。

天井から水漏れしてきました。

天花板漏水了。

**2. 表時間起點**　　句型：名詞（時間）＋から

表示事件發生的起始時間。

例句：

8 時から働きます。

從 8 點開始工作。

月曜日から金曜日まで学校に行きます。

週一到週五去學校上課。

学生の時からアルバイトをしていました。

從學生時代就開始打工。

### 3. 表原料材料　　句型：名詞＋から

表示製作物品的原料或材料。

例句：

米<sub>こめ</sub>からお酒<sub>さけ</sub>を造<sub>つく</sub>る。

用米釀酒。

パルプから紙<sub>かみ</sub>を製造<sub>せいぞう</sub>する。

用紙漿造紙。

大豆<sub>だいず</sub>からもやしを作<sub>つく</sub>ります。

用大豆做豆芽。

### 接續助詞

### 1. 表示動作的原因理由　　句型：活用語終止形＋から

例句：

寒<sub>さむ</sub>いから窓<sub>まど</sub>を閉<sub>し</sub>めてください。

因為很冷，請關窗戶。

金曜日<sub>きんようび</sub>の夜<sub>よる</sub>だから、カフェが混<sub>こ</sub>んでいます。

因為是星期五晚上，所以咖啡店很擁擠。

良<sub>よ</sub>い成績<sub>せいせき</sub>を取<sub>と</sub>ったから何<sub>なに</sub>か買<sub>か</sub>ってあげるね。

因為你取得好成績，所以買東西給你吧。

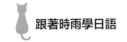

「まで」的用法如下：

1. 表範圍
2. 表期間
3. 表動作期間
4. 表極端的例子

**1. 表範圍**　　**句型：名詞（場所）＋まで**

表示到達「まで」之前的地點範圍，多譯為「到〜」。

例句：

とうきょう　おおさか
東京から大阪までどのくらいかかりますか。

**從東京到大阪要花多久時間？**

えき　　はし
駅まで走ります。

**跑到車站。**

がっこう　　ある
学校まで歩きます。

**步行到學校。**

**説明**

　　「〜から〜まで」是成對的慣用句，中文上雖然表示「從〜
到〜」，但是日文在表範圍時並不使用「〜から〜に」，因為「に」
沒有範圍的意思。

　　來看個例句——

家<sub>いえ</sub>から学校<sub>がっこう</sub>までの最短<sub>さいたん</sub>ルートは左<sub>ひだり</sub>の道<sub>みち</sub>か、右<sub>みぎ</sub>の道<sub>みち</sub>か。

從家裡到學校（這段距離）最短的路是左邊的路？還是右邊的路？

▶ 當後句使用移動動詞「行<sub>い</sub>く（去）、来<sub>く</sub>る（來）」時，「に」表示目的地，「まで」表示從出發到該場所的範圍，在中文解釋上都稱為「到」。例如，「到學校」的表現方式：

学校<sub>がっこう</sub>まで行<sub>い</sub>きます。➡ 表達「從出發地到學校」的範圍。

学校<sub>がっこう</sub>に行<sub>い</sub>きます。➡ 目的地是「學校」。

▶ 而當後句使用「走<sub>はし</sub>る（跑）、歩<sub>ある</sub>く（走）、泳<sub>およ</sub>ぐ（游泳）」時，只能使用「まで」，不可用「に」。

○ 学校<sub>がっこう</sub>まで走<sub>はし</sub>ります。

× 学校<sub>がっこう</sub>に走<sub>はし</sub>ります。

## 2. 表期間　　句型：名詞（時間）＋まで

表示動作執行到「まで」之前的時間範圍，多譯為「到～」。

例句：

8時<sub>はちじ</sub>まで勉強<sub>べんきょう</sub>していました。

念書到 8 點。

夜<sub>よる</sub>まで寝<sub>ね</sub>ていました。

睡到晚上。

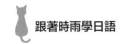
その店は午前9時から午後5時まで開いています。
那家店從早上9點開到下午5點。

補充：「で」有表示範圍上限的意思，例如「その店は午後5時で閉まります」，表示那家店下午5點休息（指營業時間的上限是到下午5點），等同於「その店は午後5時まで開いています」，表示營業到5點的意思。

## 説明

表示時間的有「まで」、「に」以及它們的雙胞胎：「までに」，這是許多人經常搞混的地方。藉由下方圖表，相信能夠幫助你理解其中的差異。

まで：表示到該時間為止的這段持續時間，其動作為一種狀態。
までに：表示到該時間為止的某一個時間內，發生的某一動作。

### まで

月曜日　　期間內・持續時間・持續動作　　金曜日

### までに

月曜日　　期間內・任一時間・瞬間動作　　金曜日

以下來看看例句：

## まで

月曜日　　　　　　　持續時間・持續動作　　　　　　　金曜日

例：金曜日まで友達の家にいるつもりだ。
　　我打算在朋友家待到星期五。

▶ 是從星期一待到星期五，持續的動作行為。

　星期一～星期五都在朋友家。

## までに

月曜日　　　　　　　任一時間・瞬間動作　　　　　　　金曜日

例：金曜日までにレポートを提出してください。
　　請在星期五之前交報告。

▶ 是在星期五之前的任何一天進行一項動作。

　例如星期三交報告。

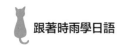
に：指定的時間，在該時間執行某動作。

に

| 月曜日 | 指定時間・瞬間動作 | 金曜日 |

例：金曜日にレポートを提出してください。

請在星期五當天交報告。

### 3. 表動作期間　　句型：動詞連體形＋まで

表示到某個動作結束之前的行為，多譯為「到～」。

例句：

帰ってくるまで待っています。

我會等你，直到你回來。

空が暗くなるまでサッカーをしていました。

直到天色暗下來之前都在踢足球。

死ぬまで働くのはいやだ。

不想工作到死。

### 4. 表極端的例子　　句型：名詞＋まで

表示列舉極端的例子，多譯為「連～、甚至～」。

例句：

あなたまでそう思<sup>おも</sup>うの？

**連你都那樣想嗎？**

落<sup>お</sup>ちぶれた身<sup>み</sup>には、風<sup>かぜ</sup>までが冷<sup>つめ</sup>たい。

**對於窮困潦倒的人來說，連風都是刺冷的。**

子供<sup>こ ども</sup>にまでばかにされている。

**連小孩都把我當白痴耍。**

▶ 亦可使用「名詞＋助詞＋まで」的方式。

「まで」的原意就是「直到～」的意思，因此衍生「甚至」之
意，看圖會更清楚：

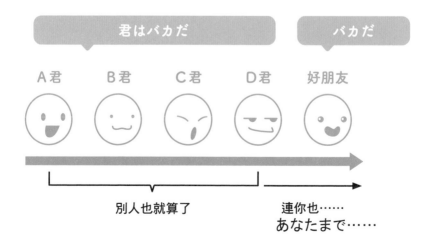

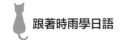 

 接續助詞的「し」與「て（で）」的差異

　　接續助詞的「し」和「て（で）」在表並列時，兩者意思很相近，比如「部屋が広いし安い」和「部屋が広くて安い」都表示房間既寬廣又便宜的意思，但是語感有些不一樣，以下來看兩者的差異。

　　「し」的用法如下：

> 1. 表並列
> 2. 表原因

### 1. 表並列　　句型：活用語終止形＋し

強調列舉的事物，中譯多為「又～／也～」。

例句：

部屋が広いし安い。
**房間又大又便宜。**

東京は人が多いし、家賃が高いし、もういやです。
**東京人又多，房租也很貴，已經受不了了。**

僕はいい彼女ができたし、仕事も楽しいし、とても幸せです。
**我交到了很棒的女友，工作也很順心，非常幸福。**

**2. 表原因　　　句型：活用語終止形＋し**

用於強調列舉理由的多重性。

例句：

このレストランは値段も安いし、量も多いから若者に人気です。

這家餐廳價格便宜，量又多，所以很受年輕人的歡迎。

暗いし危ないからついて行くよ。

這麼暗又危險，我跟你去吧。

頭が痛いし、気分が悪いから帰ります。

頭很痛，而且人也不舒服，所以先回去了。


本項用法雖以「又～」解釋，但跟表並列的「て（で）」語感上並不同，「て」跟「し」比起來，「て」較屬於單純敘述，「し」則是有所結論。


例如某個女生想跟吉田交往，她的朋友便跟她說：

吉田はハンサムだし、頭もいいよね。告白しようよ。

吉田那麼帥，頭腦又好。妳就跟他告白嘛。


而如果只是單純問這個叫吉田的人特色是什麼？就用表並列的「て（で）」即可：

吉田はハンサムで、頭がいいです。

吉田人長得帥，頭腦又好。

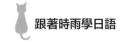

再舉一個例子——

「東京は人が多くて、家賃が高いです」只是單純說明「東京人多房租又貴」的事實。然而,如果後面要接「もういやです」等結論,則用「し」比較貼切,因為「し」有列舉理由的意思。

東京は人が多くて、家賃が高いです。
東京人多,房租又貴。
東京は人が多いし、家賃が高いし、もういやです。
東京人又多啊,房租也很貴,因此實在是受不了了!


由於「し」具有「因此」等前後關聯的含意,所以常用做說明原因的表列舉。

我們就用前述的例句來看:


このレストランは値段も安いし、量も多いから若者に人気です。
這家餐廳價格便宜,量又多,所以很受年輕人的歡迎。

▶ 「し」後面常搭配「から」表示原因、理由。


如果用表並列的「て（で）」則較無前後關聯。
このレストランは値段も安くて、量も多いから若者に人気です。
這家餐廳價格很便宜,量很多,所以很受年輕人的歡迎。

以下提供對話，感受其語感：

（1）佐藤：彼女と付き合わない？

　　　　你不跟她交往嗎？

　　中村：えー、僕のタイプじゃないし。

　　　　啊？她又不是我喜歡的類型。

（2）佐藤：今日、来ないの？

　　　　今天不來嗎？

　　中村：うん、宿題もあるし、バイトもあるから、行かない。

　　　　嗯，我還有功課，還要打工，所以不去。


　　「し」最大的特色是列舉「多重原因或理由」，除了列舉兩個以上原因之外，也常見句子中只有列舉一個，但這樣的情況則是暗示還有其他理由，只是沒有提到罷了，這一點跟「から、ので」不同。如上述例子的「僕のタイプじゃないし」，除了表示「她又不是我喜歡的類型」之外，也暗示還有別的原因，例如「我現在也不想交女朋友」、「我也沒錢交女朋友」……等。如果是用「僕のタイプじゃないから、付き合わない」則表示原因只有一個，就是「她不是我喜歡的類型」。

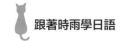

 # 終助詞「かい・だい・の・な・のだ（んだ）」的解析

日文中經常可以聽到句尾的「かい、だい、の、な、のだ」等等，有些又很相似，例如「○○かい？」跟「○○だい？」其實都是「○○か？」的意思，以下說明差異。

## かい：動詞、形容詞普通形／名詞、形容動詞語幹＋かい

表示疑問，意思等同於「か」，多為男性使用，且多為上對下、年長者對晚輩使用。

あいつのこと、知(し)ってるかい。
**你知道那傢伙的事嗎？**

学校(がっこう)の成績(せいせき)はよかったかい。
**學校成績好嗎？**

あの女性(じょせい)はきれいかい。
**那個女生漂亮嗎？**

## だい：疑問詞＋だい

表示疑問，意思等同於「か」，多為男性使用，且多為上對下、年長者對晚輩使用。

すっかり言(い)ってみたらどうだい。
**全都講出來如何？**

何か君にも関係のある話だそうだが、どういうことなんだい。

**聽說跟你也有關係，到底是怎麼一回事？**

何時まで起きてるつもり(なん)だい。

**你打算幾點才要睡？**

### かい・だい 比較

「かい」跟「だい」多為男性使用，意思跟疑問的「か」相同，女性則多使用「の」。「かい」多用於沒有疑問詞的提問，「だい」則是使用疑問詞，如「どう・どんな・何・どこ・何時・いつ……」等等。

## の：活用語連體形＋の

表示疑問，意思等同於「か」，男女皆可使用，但以女性或兒童居多。

加藤君は行かなかったの？

**加藤沒有去嗎？**

今日、暇なの？

**今天有空？**

会議はいつなの？

**會議什麼時候開始呢？**

▶ 此為疑問用法，「の」的語調要上揚。

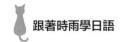 

## の：活用語連體形＋の

表示加強語氣，男女皆可使用，但以女性或兒童居多。

ケーキが大好<su>だいす</su>きなの。

我非常喜歡吃蛋糕。

そうしないと困<su>こま</su>るの。

不那樣做的話我會很困擾的。

こんなことになるとは思<su>おも</su>わなかったの。

沒想到事情會變成這樣。

▶ 此為加強語氣，「の」的語調要下降。

## の：動詞連體形／動詞否定＋の

表示命令，多為女性使用。

今<su>いま</su>すぐ勉強<su>べんきょう</su>するの。

現在馬上去念書。

失礼<su>しつれい</su>なことを言<su>い</su>わないの。

不要說失禮的話。

▶ 此為命令語氣，「の」的語調要下降。

## な：動詞終止形＋な

表示強烈的禁止，多為男性使用，女性則使用「動詞未然形＋ないで（ください）」。

タバコを吸うな。
**不要抽菸！**

変なことを言うな。
**別說奇怪的話！**

どこへも行くな。
**哪裡也別去。**

## のだ：活用語連體形＋のだ

口語為「～んだ」。

表示加強語氣或說明原因理由，多為男性使用，而女性則多使用「の」。

俺は絶対勝つんだ。
**我絕對會贏！** ➡ 加強語氣

お前は敵なんだ。
**你是敵人！** ➡ 加強語氣

道が混んでいる。きっと事故があったのだ。
**塞車了。一定是有車禍。** ➡ 說明原因

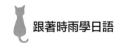

## 「午前 12 時」和「午後 0 時」哪一個才是中午 12 點？

　　「午前 12 時」和「午後 0 時」，兩者都表示中午 12 點。而「午前 12 時」的感覺是上午結束了；「午後 0 時」的感覺則是下午開始了。但依照每個人的感受不同，對於「午前 12 時」會誤解到底是白天的 12 點，還是晚上的 12 點。尤其是正式場合的情況下，例如出生證明、天文台情報等，要用哪一個就會變得很重要。

　　根據明治 5 年 11 月 9 日的太政官達「改曆ノ布告」制定，24 小時制的正午 12 點為「午前 12 時」，24 小時制的零點為「午前 0 時」或「午後 12 時」（就是晚上 12 點）。可知在法律上並沒有存在「午後 0 時」的說法。

　　不過，制定日本標準時間的情報通信研究機構表示「這項法律原本的目的是為了改曆，並沒有明確劃分午前午後的差別定義。」因此依照法律並無法明確分辨「午前 12 時」和「午後 12 時」到底是白天 12 點還是晚上 12 點。

　　日本國立天文台為了避免誤會，白天的 12 點使用「午後 0時」，而晚上 12 點則使用「午前 0 時」。

豆知識

　　簡而言之，雖然法律上規定中午 12 點的正確標示為「午前 12 時」，但一般都是使用「午後 0 時」來劃分避免誤會。

　　以上的介紹主要是用於正式場合，像是結婚時間、出生時間的正式說法，不過生活中可以使用更簡單、白話、絕對不會搞混的說法：

昼の 12 時（中午 12 點）

夜の 12 時（晚上 12 點）

# 第3卷

## 授受動詞，
## 帶你了解「授」與「受」

「授受動詞」就是授予和接受的意思。「授」代表授予，「受」代表接受。這是初學者一大關卡。因為在日文中，給予與接受有許多表現，如「あげる」、「くれる」、「もらう」，從這三個字又可延伸出更具敬意的說法：「さしあげる」、「くださる」、「いただく」，而初學者最大的疑問在於使用的時機。

# 「あげる・くれる・もらう」的基本觀念

授受動詞有以下三種用法：

❶ あげる（給予）我給別人
❷ くれる（給予）別人給我
❸ もらう（接受）從某人那裡得到

記住兩個要點：

一、內外關係（由內而外、由外而內）

二、上下關係（由上而下、由下而上）

內外關係就是「我給你還是你給我」的觀念。

上下關係就是「你的地位比我高還是低」的觀念。

由內而外：由我方給對方 ↔ 由外而內：由對方給我方

由上而下：地位高對地位低 ↔ 由下而上：地位低對地位高

我方泛指我自己或我的誰（我爸媽、我的老師、我老闆……等）

對方泛指他自己或他的誰（他爸媽、他的老師、他老闆……等）

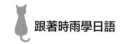

所謂的「內」就是我方的立場,「外」就是對方的立場。我方是泛指我這邊的人(我家族、我公司、我學校等);對方是泛指他那邊的人(他家族、他公司、他學校等)。
由我方給對方時,使用「あげる」。
由對方給我方時,使用「くれる」。

我方給對方的句型為： 我方 は 對方 にあげる

對方給我方的句型為： 對方 は 我方 にくれる

「は」前面的人物就是給予者，而給予對象的助詞用「に」。

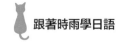

私は佐藤さんに本をあげる。

我給佐藤書。

弟は佐藤さんに本をあげる。

我弟弟給佐藤書。

佐藤さんは私に本をくれる。

佐藤給我書。

佐藤さんは弟に本をくれる。

佐藤給我弟弟書。


　　像這樣的內外關係（我方／對方）必須要釐清。而只要是我的誰誰誰（包含我自己）就是我方，別人的誰誰誰（包含他自己）都是對方。


　　又如：

佐藤さんのお兄さんは弟に本をくれる。

佐藤的哥哥給我弟書。

　　就是對方（他哥哥）給我方（我弟弟），所以用「くれる」。

　　反過來就是用「あげる」，例如「弟は佐藤さんのお兄さんに本をあげる」。

當雙方都跟自己無關時，用「あげる」即可。

佐藤さんは鈴木さんに本をあげる。

**佐藤給鈴木一本書。**

**鈴木給佐藤一本書也一樣：**

鈴木さんは佐藤さんに本をあげる。

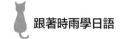
😺 總結

あげる：我方給對方／別人給別人
くれる：對方給我方

由上述可以知道，如果說「佐藤さんは鈴木さんに本をくれ
る」，那麼就表示鈴木是自己這邊的人，可能是同僚、夥伴或是伴
侶。所以，第三人稱給第三人稱也可以用「くれる」，此時的接受
方就是指我方的人。

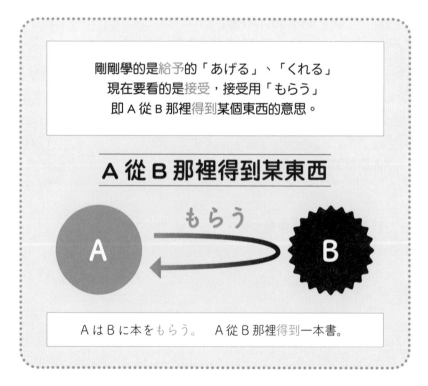

剛剛學的是給予的「あげる」、「くれる」
現在要看的是接受，接受用「もらう」
即 A 從 B 那裡得到某個東西的意思。

## Ａ從Ｂ那裡得到某東西

もらう

A　　　　　B

ＡはＢに本をもらう。　Ａ從Ｂ那裡得到一本書。

　　「もらう」是某人從某人那裡得到某物的意思。句型為「A は B に（から）～をもらう」，「A」是接受者，而來源對象「B」的助詞可以用「に」或「から」，但是當對方非人物時（例如公司、組織、學校等）只能用「から」。

　　例句：

○ 私は佐藤さんに本をもらいました。

　　我從佐藤那裡得到一本書。

○ 私はお母さんからお小遣いをもらいました。

　　我從媽媽那裡得到零用錢。

○ 私は会社から車をもらいました。

　　我從公司那裡得到一部車。

× 私は会社に車をもらいました。

▶ 對象非人物，不可用「に」。

　　「もらう」含有恩惠的表現，因此一般來說不用在「別人從自己的身上得到」。

　　例：

× 彼は私に本をもらいました。（他從我身上得到一本書。）

⬆ 應改為「私は彼に本をあげました。（我給他一本書）」。

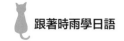

但並不是說不可能出現這種句子，以下舉一個例子：

私からお金をもらおうなんて思うな。

像這句也很自然，「なんて」是「之類的、什麼的」，而它所引述的內容則是「お金をもらおう」（想要得到錢），後面接「思うな」（不要這樣想），所以整句是「不要想從我這裡得到錢」，這樣的用法是沒問題的。

因此要視情況而定，如果沒有特定情況（例如詰問之類的），那麼一般並不會這樣說，而是用我給對方即可：私は彼に本をあげる／私は彼にお金をあげる。

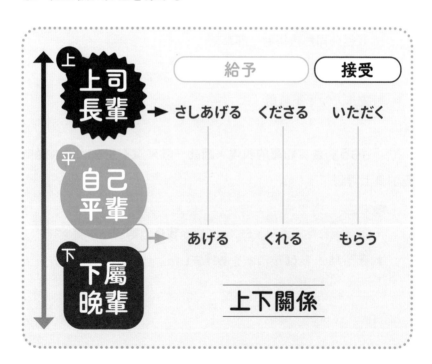

學會了內外關係（誰給誰的立場），現在要看的是上下關係（誰的身分地位高）。

對象為平輩、晚輩、親近的人：あげる、くれる、もらう

對象為長輩、上司或非親近的人：さしあげる、くださる、いただく

| 一般的用法 | 帶有敬意的用法 |
| --- | --- |
| あげる | さしあげる |
| くれる | くださる |
| もらう | いただく |

私は先生に本をさしあげます。
我給老師一本書。
先生は私に本をくださいます。
老師給我一本書。
私は先生に本をいただきます。
我從老師那裡得到一本書。

私は後輩に本をあげる。
我給學弟一本書。
後輩は私に本をくれる。
學弟給我一本書。
私は後輩に本をもらう。
我從學弟那裡得到一本書。

釐清了內外關係後，接下來就要學習地位高低的用法，因此「我給老師一本書」是由內而外——「私は先生に本をあげる」，但老師身分地位比我高（日文稱「目上の人」），為了表示尊敬，要將「あげる」改為「さしあげる」，並且因為是尊敬用法，所以語尾也改為「ます」比較妥當。

私は先生に本をあげる ➡ 私は先生に本をさしあげます
先生は私に本をくれる ➡ 先生は私に本をくださいます
私は先生に本をもらう ➡ 私は先生に本をいただきます

而對於平輩、晚輩（日文稱「目下の人」）或者是親近的人則是用一般用法即可。

私は後輩に本をあげる。
**我給學弟一本書。**

後輩は私に本をくれる。
**學弟給我一本書。**

私は後輩に本をもらう。
**我從學弟那裡得到一本書。**

私は母さんに本をもらう。
**我從媽媽那裡得到一本書。**

▶ 媽媽是親近的人。

當雙方都跟自己無關時，由於沒有需要表示敬意的對象，因此用「あげる」或「もらう」即可。

佐藤さんは鈴木さんに本をあげる。

佐藤給鈴木一本書。

鈴木さんは佐藤さんに本をもらう。

鈴木從佐藤那裡得到一本書。

補充

## 爸爸給妹妹書要用「あげる」、「くれる」？

當雙方都是自己人的時候，用「あげる」即可。因為爸爸和妹妹都是自己人，可以說沒有內外關係，就如第三方之間的授受一樣可以用「あげる」。不過也可以用「くれる」，這時候會有站在妹妹角度的意思，如果說話者很喜歡妹妹，把妹妹得到書的這件事當作自己的事情，那麼用「くれる」也可以。

○ 父さんは妹に本をあげる。

▶ 客觀描述。沒有內外關係。

○ 父さんは妹に本をくれる。

▶ 說話者站在妹妹的角度來描述。

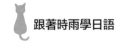
當接受方是「自己」，那麼除了自己以外都算對方。

〇 父さんは私に本をくれる。　　　▶ 自然。

× 父さんは私に本をあげる。　　　▶ 錯誤。

〇 私は父さんに本をあげる。　　　▶ 自然。


雙方都是自家人時，則不需要用尊敬語：

△ 私は父さんに本をさしあげます。▶ 太尊敬了。

〇 私は父さんに本をあげます。　　▶ 自然。


🐾 一起來練習

　用「あげる」、「くれる」做練習。如需使用敬語請改為「さしあげます」、「くださいます」。


　　妹は私に本を（　　　　　　　）。

　　私は妹に本を（　　　　　　　）。

　　私は後輩に本を（　　　　　　　）。

　　後輩は私に本を（　　　　　　　）。

　　母さんは弟に本を（　　　　　　　）。

　　斎藤さんは北野さんに本を（　　　　　　　　）。

　　先生は私に本を（　　　　　　　）。

　　私は上司に本を（　　　　　　　）。

以上八題如果都答對，代表你觀念非常清楚了！

（答案在 P.203）

## 補充

### 「もらう」＝「くれる」

「もらう」的原意是我從別人那裡得到某物，換句話說，就是別人給我某物「くれる」的意思。所以意思是一樣的，但要注意接受者跟給予者的助詞與動詞之間的關係。

私は彼に本をもらう ＝ 彼は私に本をくれる
我從他那裡得到一本書 ＝ 他給我一本書

私は彼からプレゼントをもらう ＝ 彼は私にプレゼントをくれる
我從他那裡得到禮物 ＝ 他給我禮物

### 「やる」的用法

在授受動詞中，「やる」是我方給予對方（地位低下的人）的意思，剛剛我們學到給予對方有一般的「あげる」，以及帶有敬意的用法「さしあげる」。而這裡的「やる」是對晚輩（目下の人）所使用的，但給人感覺較粗俗，所以比較少使用，大多都是用「あげる」。

例：

お花に水をやる ➡ お花に水をあげる （澆花）
猫に餌をやる ➡ 猫に餌をあげる （給貓飼料）

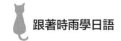
# 「て＋授受動詞」

## ～てあげる、～てくれる、～てもらう

### 基本觀念

**❶** ～てあげる：我為別人做某件事。

**❷** ～てくれる：別人為我做某件事。

**❸** ～てもらう：請對方為我做某件事。

### 🐾 ～てあげる：

**句型**　動詞連用形＋て＋あげる

**例句：**

私は星野さんに料理を作ってあげる。

我幫星野做料理。

弟は光子さんにレシピを買ってあげる。

我弟弟幫光子買食譜。

春子さんは冬樹さんに本を送ってあげる。

春子送給冬樹一本書。

### 敬語的用法　動詞連用形＋て＋さしあげる

例句：

私は先生にお茶を入れてさしあげました。

我為老師泡茶。

妹は真田さんに書類をコピーしてさしあげました。

妹妹幫真田印資料。

大田君はA社の社長さんを車で送ってさしあげました。

大田開車送 A 公司老闆回去。

### 注意

　　此用法含有一種恩惠表現的意思，就是我幫對方做某件事（帶給對方恩惠 ➡ 好像自己很偉大），因此當上司、長輩就是當事人（對方），就不宜直接使用。而以上的例子都是對第三人稱描述（我幫誰、我為誰做某件事），所以沒有問題。

　　當對方是同輩、晚輩或親近的人可以直接用「あげる」，並且有積極幫忙的好印象。

例：

私：荷物、持ってあげるよ。

　　讓我幫你拿行李吧！

友達：ありがとう。

　　謝謝。

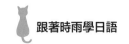

　　但是對方（當事人）如果是長輩、上司或不熟的人，用「さし
あげる」就會很失禮。

<ruby>私<rt>わたし</rt></ruby>：お<ruby>荷物<rt>にもつ</rt></ruby>を<ruby>持<rt>も</rt></ruby>ってさしあげましょうか。

　　**讓我來幫您拿行李吧！　▶ 失禮。**

<ruby>先生<rt>せんせい</rt></ruby>：え？あ、ありがとう……

　　**啊？謝、謝謝……**

　　這時候應該使用如下說法會比較適當。

　　句型：お＋動詞連用形＋する

<ruby>私<rt>わたし</rt></ruby>：お<ruby>荷物<rt>にもつ</rt></ruby>、お<ruby>持<rt>も</rt></ruby>ちしましょうか。

　　**讓我來幫您拿行李吧！　▶ 禮貌。**

<ruby>先生<rt>せんせい</rt></ruby>：ありがとうね。

　　**謝謝。**

　　而對第三人稱做描述時（對方並非當事人），則沒有問題。

（1）<ruby>健二<rt>けんじ</rt></ruby>：<ruby>昨日<rt>きのう</rt></ruby>、<ruby>弟<rt>おとうと</rt></ruby>に<ruby>新<rt>あたら</rt></ruby>しいゲームを<ruby>買<rt>か</rt></ruby>ってあげた。

　　　　**昨天我買了新遊戲給弟弟。**

<ruby>雄太<rt>ゆうた</rt></ruby>：そうか。

　　　　**是喔。**

（2）<ruby>真田丸<rt>さなだまる</rt></ruby>：<ruby>昨日<rt>きのう</rt></ruby>、<ruby>先生<rt>せんせい</rt></ruby>を<ruby>手伝<rt>てつだ</rt></ruby>ってさしあげました。

　　　　**我昨天幫了老師的忙。**

源三郎：そうですか。先生は喜ばれたことでしょう。

**這樣啊，老師一定很高興吧！**

## ～てくれる：

句型　動詞連用形＋て＋くれる

例句：

星野さんは私に料理を作ってくれる。

星野為我做料理。

光子さんは弟にレシピを買ってくれる。

光子買食譜給我弟。

敬語的用法　動詞連用形＋て＋くださる

例句：

先生は私に本を買ってくださいました。

老師買了書給我。

課長は妹に書類をコピーしてくださいました。

課長幫我妹印資料。

## ～てもらう：

句型　動詞連用形＋て＋もらう

意思：請對方做某件事／對方為我做某件事／承蒙對方為我做
　　　某件事

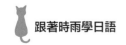 

例句：

私<ruby>は星野<rt>わたし ほしの</rt></ruby>さんに料理<ruby><rt>りょうり</rt></ruby>を作<ruby><rt>つく</rt></ruby>ってもらう。

星野為我做料理。

兄<ruby><rt>あに</rt></ruby>は光子<ruby><rt>みつこ</rt></ruby>さんにレシピを買<ruby><rt>か</rt></ruby>ってもらう。

我哥請光子買食譜給他。

田中<ruby><rt>たなか</rt></ruby>さんは佐藤<ruby><rt>さとう</rt></ruby>さんにポスターを貼<ruby><rt>は</rt></ruby>ってもらう。

田中請佐藤貼海報。


敬語的用法　動詞連用形＋て＋いただく

例句：

私<ruby>は先生<rt>わたし せんせい</rt></ruby>から本<ruby><rt>ほん</rt></ruby>を買<ruby><rt>か</rt></ruby>っていただきました。

我承蒙老師買書給我。

妹<ruby><rt>いもうと</rt></ruby>は課長<ruby><rt>かちょう</rt></ruby>に書類<ruby><rt>しょるい</rt></ruby>をコピーしていただきました。

我妹承蒙課長印資料給她。


以上的意思都是「我得到或是我承蒙『對方為我做某件事』的恩惠」，中文要如何翻譯則視情況或前後文而決定，通順即可。


🐾 總結

私<ruby>は後輩<rt>わたし こうはい</rt></ruby>に本<ruby><rt>ほん</rt></ruby>を買<ruby><rt>か</rt></ruby>ってあげました。

我買書給學弟。

私<ruby>は課長<rt>わたし かちょう</rt></ruby>に本<ruby><rt>ほん</rt></ruby>を買<ruby><rt>か</rt></ruby>ってさしあげました。

我幫課長買書。

<ruby>後輩<rt>こうはい</rt></ruby>は<ruby>私<rt>わたし</rt></ruby>に<ruby>本<rt>ほん</rt></ruby>を<ruby>買<rt>か</rt></ruby>ってくれました。

**學妹買書給我。**

<ruby>社長<rt>しゃちょう</rt></ruby>は<ruby>私<rt>わたし</rt></ruby>に<ruby>本<rt>ほん</rt></ruby>を<ruby>買<rt>か</rt></ruby>ってくださいました。

**老闆買書給我。**

<ruby>私<rt>わたし</rt></ruby>は<ruby>部下<rt>ぶか</rt></ruby>に<ruby>本<rt>ほん</rt></ruby>を<ruby>買<rt>か</rt></ruby>ってもらいました。

**我請下屬買書給我。**

<ruby>私<rt>わたし</rt></ruby>は<ruby>部長<rt>ぶちょう</rt></ruby>に<ruby>本<rt>ほん</rt></ruby>を<ruby>買<rt>か</rt></ruby>っていただきました。

**我承蒙經理買書給我。**


## 🐾 一起來練習

用「てあげる」、「てくれる」做練習。如需使用敬語請改為「てさしあげます」、「てくださいます」或者用「お＋動詞連用形＋する」的句型。

<ruby>私<rt>わたし</rt></ruby>は<ruby>弟<rt>おとうと</rt></ruby>に<ruby>写真<rt>しゃしん</rt></ruby>を<ruby>撮<rt>と</rt></ruby>っ（　　　　　　）。

<ruby>私<rt>わたし</rt></ruby>は<ruby>同僚<rt>どうりょう</rt></ruby>に<ruby>雑誌<rt>ざっし</rt></ruby>を<ruby>買<rt>か</rt></ruby>っ（　　　　　　）。

<ruby>私<rt>わたし</rt></ruby>は<ruby>先生<rt>せんせい</rt></ruby>にお<ruby>茶<rt>ちゃ</rt></ruby>を<ruby>入<rt>い</rt></ruby>れ（　　　　　　）。

<ruby>妹<rt>いもうと</rt></ruby>は<ruby>私<rt>わたし</rt></ruby>に<ruby>書類<rt>しょるい</rt></ruby>をコピーし（　　　　　　）。

<ruby>課長<rt>かちょう</rt></ruby>は<ruby>私<rt>わたし</rt></ruby>に<ruby>料理<rt>りょうり</rt></ruby>を<ruby>作<rt>つく</rt></ruby>っ（　　　　　　）。

對話：<ruby>先生<rt>せんせい</rt></ruby>、<ruby>写真<rt>しゃしん</rt></ruby>を（　　　　　　）。


以上如果都對了就表示你的觀念很清楚囉！

（答案請見 P.203）

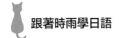

## 為什麼「頑張って」聽起來像「頑張っで」？PTK

　　「PTK」一詞是為了方便外國人學習而被發明出來的法則，並不是日本原本就有的規則，甚至詢問日本人什麼是 PTK，大部分應該也都沒聽過，請理解，這個法則可以說是專為外國人設計的，目的是便於了解發音的差異。

### PTK 法則

**説明**

單字之中如果出現「P、T、K」的日文，通常聽起來就會接近「B、D、G」。

　　例句：

❶ 頑張ってね(ga n ba tte ne) ➡ T

　　↑ 聽起來會有點接近「頑張っでね」

❷ 待ってください(ma tte ku da sa i) ➡ T

　　↑ 聽起來會有點接近「待っでください」

**❸** いっぱい飲んでね（i ppa i no n de ne）➡ P

　↑ 聽起來會有點接近「いっぱいのんでね」

**❹** そっか（so kka）➡ K

　↑ 聽起來會有點接近「そっが」

※ 以上都是「接近」而已，實際上還是清音喔！

**而如果單字一開頭就是 PTK，那麼就是很清楚的清音：**

例句：

**❶** 私は会社に行きます。（wa ta shi wa ka i sha ni i ki ma su）

　↑ 「会社」這個單字一開頭就是「K」，所以聽起來就是「開蝦」不會像「該蝦」。

**❷** 彼は太郎です。（ka re wa ta ro u de su）

　↑ 「彼」和「太郎」也是一開頭就是「K」和「T」，聽起來就是「卡雷／他樓」。

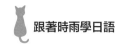

　　所以，只有在中間的「PTK」才會出現有點接近「BDG」的聲音。

　　原因是，出現在中間的 PTK 會讓句子唸得不順，因此會偏向「有聲音」的唸法。而如果開頭就是 PTK 則不會發音不順，聽起來就比較清楚。

　　「聽起來像濁音」的，其實就只是「不清楚的清音」而已。

　　寫的時候要小心，不要把「頑張って」寫成「頑張っで」囉！

　　常常會看到有些人唸太順，結果把「また」寫成「まだ」（意思不同），會發生這種事情就是這樣來的。

　　同樣地，剛剛說過這是發明給外國人學習的，所以一般日本人其實也不知道這件事，他們都會覺得自己沒有發音成「BDG」，也就是說，聽起來雖然很接近「頑張っで」（甘巴爹），但他們都會覺得自己唸的是「頑張って」（甘巴帖）。

　　日文其實沒有中文的「ㄆ（P）、ㄊ（T）、ㄎ（K）」這麼強烈的氣音，所以他們有聲無聲的差異距離就比較小，也難怪我們聽起來會覺得很像「ㄅ（B）、ㄉ（D）、ㄍ（G）」了。

　　以上簡單介紹，希望能夠幫助大家了解。

甘巴爹？

甘巴帖？

# 第 **4** 卷

## 中日文意思大不同！
## 常見誤用漢字

許多華人會仰賴母語優勢，一看到漢字就不假思索地認為是中文的意思，雖然許多漢字的確跟中文意思雷同，但必須要了解每個語言都有它自己的歷史演進跟文化薰陶，所以還是有許多日文漢字與中文意思有微妙的差別，甚至完全不同。

接下來將帶各位認識常見的誤用漢字。

認識

◉ 日文「認識<ruby>認識<rt>にんしき</rt></ruby>」的定義：

　意識到某事物的存在並且充分理解，能下正確的判斷。中文多譯為「認知、意識」，如果是電腦、系統等，多指「辨識、辨別、識別」。

　　重大事態に対する認識が甘い。

　　**對於重大情勢的理解太過於天真。**

▶ 表示對於該事物內容的理解或認知是不足的，想法過於天真。

　　私の認識不足でした。

　　**是我的認知不足。**

▶ 表示自己對於該事物內容的理解與認知淺薄。

　　文字認識装置。

　　**文字辨識裝置。**

▶ 辨識、辨別、識別該文字。

◉ 中文「認識」的定義：

　知曉或確定某事物為何物或何人。相似詞為「知道、懂」。

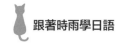
時雨さんを知っていますか。

**你認識時雨嗎？**

▶ 不可用「認識」。

黒田とは知り合いです。

**黑田是我認識的人。**

▶ 不可用「認識の人」。

字が読めますか。

**你認識字嗎？**

▶ 不可用「認識」。

「認識的人」日文是「知り合い」，不寫作「認識の人」。
「知り合い」就是指「單純認識」，不一定是朋友，所以如果把「友達」說成「知り合い」，你的「友達」會很傷心的。
相反地，把「知り合い」說成「友達」也會讓人覺得你在裝熟哦（笑）！

時雨的小叮嚀

## 階段

◉ 日文「階段」的定義：

不同高低差之間的通路，中文譯為「樓梯、階梯」。

子供が階段から落ちました。

小孩子從樓梯上摔了下來。

手すりが付いていない階段は危ないです。

沒有扶手的樓梯很危險。

十三階段の怖い話で気になって、家の階段を数えてみました。

聽了13層階梯的恐怖故事感到很好奇，於是就數了家裡的樓

梯。

◉ 中文「階段」的定義：

事件發展的順序或段落。

このプロジェクトは最終段階に入った。

這個企劃案已進入最後階段。

健康に関わる課題は、ライフステージによって異なります。

健康相關的課題會隨著人生階段的不同而有所差異。

現段階では未来を予測できない。

現階段無法預測未來。

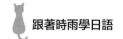

経理

◉ 日文「経理」的定義：

　　記錄資產變化、稅務相關資訊以及會計憑證撰寫與收發的人員。中文譯為「會計」。

　私は経理を担当しています。

　**我是會計承辦人員。**

　時雨の町経理部の林でございます。

　**我是時雨之町會計部的林小姐。**

　私は経理部に所属しています。

　**我是會計部人員。**

◉ 中文「經理」的定義：

　　在企業或政府組織的部門中經營或管理事務，並監督下屬的二級主管。

　私は営業部の部長です。

　**我是業務部經理。**

やっと部長に昇進しました。

**終於升任經理了。**

部長はゴルフをなさいますか。

**經理打高爾夫球嗎？**

時雨的小叮嚀

中文所說的「業務」其日文是「営業」，例如業務員的日文就是「営業マン」，日文雖然也有「業務」，但並不是我們平常說的跑業務或是業務部門的業務，而是指日常工作的事務內容，如「業務を引き継ぐ」就是接班（交接工作事務內容）的意思。

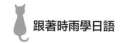 

しゅじん
主人

◉ 日文「主人」的定義：

一家之主，中譯為「先生、老公」等。

ご主人はいらっしゃいますか。

您先生在家嗎？

主人は今留守です。

我先生現在不在家。

ご主人は何時に帰られますか。

您先生幾點會回家呢？

※「ご主人」是用於稱呼對方的先生。

◉ 中文「主人」的定義：

權利或財務的所有者，能支配其掌控的所有事物。

お帰りなさいませ、ご主人様。

歡迎回來，主人。

中古のスマホに前の持ち主のデータが残っていた。

發現二手手機裡留著之前主人的資料。

飼い主は毎日愛犬を連れて公園を散歩している。

狗主人每天都會帶著他的愛犬去公園散步。

時雨的小叮嚀

「ご主人様」是指「主人、主子」的意思。如果沒有加上「様」就是指對方的老公，僅「主人」二字則是自己的老公，差一個字意思就差很多，需要留意。

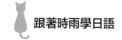

● 日文「愛人」的定義：

　　依現代日語廣義解釋為「已婚者交往的對象非法律上登記的配偶」，中譯為「第三者」，俗稱「小三」。

　　経理は部長の愛人だそうです。
　　聽說會計是經理的小三。

　　実は、私には愛人がいます。
　　其實我有小三。

　　私はあなたの愛人になるつもりはない。
　　我並不打算成為你的小三。


● 中文「愛人」的定義：

　　心裡所愛之人，多為戀愛的對象，又稱為「情人」或「戀人」。

　　意外にも、彼女は理想的な恋人だった。
　　沒想到她是我理想中的愛人。

　　彼女は僕の永遠の恋人だ。
　　她是我永遠的愛人。

　　私はあなたの恋人になりたい。
　　我想成為你的愛人。

ここち
心地

◉ 日文「心地（ここち）」的定義：

接觸某事物的心理感受之狀態，中譯為「感覺、心境」。

あの店はとっても居心地のいい空間でした。

那家店的空間給人感覺非常舒適。

この車、静かで乗り心地がいいですね。

這台車很安靜，乘坐起來很舒適呢。

このベッドは寝心地が悪いです。

這張床睡起來不舒服。

◉ 中文「心地」的定義：

即人的存心或用心。

彼女はとても優しいです。

她的心地很善良。

あいつは意地が悪いんだ。

那傢伙心地很壞。

意地悪なやつ。

心地不好的傢伙。（壞心眼的傢伙）

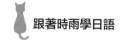

しんこく
深刻

◉ 日文「深刻」的定義：

　　事態重大，到了無法輕忽的狀態，或事情到了讓人需要深思熟慮的地步，中譯為「嚴重、嚴肅、嚴峻」等。

じんこう　ぞうか　しんこく　もんだい
人口の増加は深刻な問題になっています。
人口增加已成了嚴重的問題。

こくない　ゆしゅつさんぎょう　しんこく　だげき　う
国内の輸出産業は深刻な打撃を受けた。
國內的出口產業受到了嚴重的打擊。

しんこく　なや
深刻に悩んでいます。
極度煩惱。（問題大到需要讓人深思熟慮）

◉ 中文「深刻」的定義：

　　深入、深遠，難以忘懷。

いんしょう　のこ
印象に残っています。
印象很深刻。

いちばんいんしょう　のこ　だれ
一番印象に残っているキャラは誰ですか。
最讓你印象深刻的角色是誰？

いちばんいんしょう　のこ　なん
一番印象に残っていることは何ですか。
印象最深刻的事情是什麼？

## 迷惑
めいわく

◉ 日文「迷惑」的定義：

因他人的行為而感到不快或紛擾不安，中譯為「困擾、麻煩」。

ご迷惑をおかけして申し訳ございません。
很抱歉造成您的困擾。

人に迷惑をかけないようにしてください。
請不要帶給人家麻煩。

私が至りませんで、ご迷惑をおかけしてしまいました。
因我的不周而造成您的麻煩。

◉ 中文「迷惑」的定義：

無法辨別事態，摸不著頭緒而感到迷惘。

この本は難しすぎて、何が何だか分からない。
這本書很難，讓我很迷惑。

意味不明すぎて何が何だか分からない。
意義不明，讓人很困惑。

何が何だか分からなかったので、もう一度説明してもらいました。
由於感到很迷惑，因此請對方再次說明。

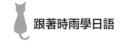 

◉ 日文「新聞」的定義：

　　將社會大小事以陳述事實方式記載於刊物上，中譯為「報紙」。

スマホが普及してから、新聞を読む人がどんどん減ったよね。
自從智慧型手機普及之後，看報紙的人越來越少了呢。

お父さんは毎朝、新聞を読んでいます。
爸爸每天早上都看報紙。

若い人は新聞を全然読まなくなっています。
年輕人都不看報紙了。


◉ 中文「新聞」的定義：

　　由媒體機構不限形式發布最新社會消息，如透過電視、報紙、
廣播或網路等傳達社會信息。

ニュースによると、アメリカで大地震があったそうだ。
根據新聞播報，美國好像發生了大地震。

お父さんは毎晩、ニュースを見ています。
爸爸每天晚上都看新聞。

そのニュースを聞いて大変驚きました。
聽到那則新聞感到非常震驚。

### しんじゅう
### 心中

◉ 日文「心中（しんじゅう）」的定義：

相愛的兩人殉情，或與親密之人（如家人）一同赴死。

いっ か しんじゅう
一家心中。
全家自殺。

おや こ しんじゅう
親子心中。
親子一同赴死。

ふう ふ しんじゅう
夫婦心中。
夫妻雙雙殉情。

讀作「しんちゅう」時則表達「心情、心裡」的意思。

しんちゅう　さっ
心中お察しします。
我可以體諒您的心情。

しんちゅうおだ
心中穏やかではない。
心裡不平靜。

しんちゅう　う　あ
心中を打ち明ける。
吐露心裡話。

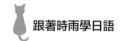

◉ 中文「心中」的定義：

心裡、內心。

彼女(かのじょ)はよく心得(こころえ)ていたので、少(すこ)しも慌(あわ)てなかった。

她心中已經有數，所以一點也不慌張。

彼女(かのじょ)は永遠(えいえん)に僕(ぼく)の心(こころ)に生(い)き続(つづ)ける。

她將會永遠活在我的心中。

みんなの心(こころ)に悪魔(あくま)が住(す)んでいる。

每個人的心中都住著惡魔。

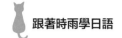

跟著時雨學日語

## 老師來不及教的「句尾＋では」是什麼意思？

我們都知道「では」是什麼意思，用在句首表示轉換話題（如：では、始めましょう），放在句中表示推估（如：では、睡眠不足ですね），或是「で＋は」表時間、場所或方法手段等，如：この仕事は２時間では終わらない……等。

但常常聽到句尾講到「では」就結束了，這邊的「では」又是什麼意思呢？

### 何でもかんでも正解にするのはよくないのでは？

這邊是省略的用法，口語中為求簡潔俐落，經常會省略一些字，句尾的「では」就是從「のではないか」而來的，是一種推測的反問語氣，表示「說話者也不太確定，但推估是如此」。

豆知識

## では

動詞、形容詞普通形＋のでは

名詞、形容動詞語幹＋（なの）では

表示推測的反問語氣，中文多譯為「～吧？／～嗎？」

なんでもかんでもせいかい正解にするのはよくないのでは？
什麼都要弄成對的其實並不好，不是嗎？

か とう加藤さんもそろそろく来るのでは？
加藤差不多也要來了吧？

かいてん じ かん開店時間をはや早くするほう方がいいのでは？
提早開店的時間會比較好吧？

ちょっとかんが考えすぎ（なの）では？
會不會想太多了？

せんせい先生にそんなことをたの頼むのはしつれい失礼（なの）では？
拜託老師做那種事是不是很失禮呢？

# 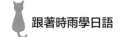 自學者常見問題

## 1. 不知道重音是什麼？

　　日文的重音稱為「アクセント（Accent）」，並非指唸得很重，而是指該音拍唸高音，就好比音樂中的 do re mi 的 mi，在學習日語時，認識重音是相當重要的，特別是沒有日本環境薰染的學習者，更需要透過重音來認識日語的高低起伏，發音如果不自然，可能會使日本人聽不懂你的日文，甚至誤會你的意思。

　　例：

花が高い　　重音：花 [2] 高い [2]　花很貴。

鼻が高い　　重音：鼻 [0] 高い [2]　驕傲、得意洋洋。

　　以上兩句平假名都一樣，且「花」與「鼻」如果只唸單字的話發音也一樣，但是在接助詞「が」時，就能感受到差異，如果重音唸反了，意思也會不同，雖然各地方言的重音亦略有不同，但學習重音仍是相當重要的。

　　重音標示有兩種，一種為數字標示，一種為劃線標示。

● 數字標示：[0][1][2][3]...

● 劃線標示：┌─、──、──┐ ...（在假名上標示線頭）

重音分類有「平板型」、「頭高型」、「中高型」、「尾高型」四種。

※ 藍字為高音 ※

平板型：數字標示為 [0]，劃線標示為 ┌──或──。即該單字只有第一個音為低音，其餘皆為高音。

さくら（桜）　　はな（鼻）

頭高型：數字標示為 [1]，劃線標示為┐。即該單字只有第一個音為高音，其餘皆為低音。

えき（駅）　　アクセント（accent）

中高型：數字標示為 [2][3][4][5] 等，劃線標示為┐。當該單字音拍超過三個，中間高音其餘皆為低音時則為中高型。（就是只有中間的字是高音，頭跟尾是低音）

ひくい（低い）[2]　　せんせい（先生）[3]

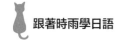

なつやすみ（夏休み）[3]　　あたたかい（暖かい）[4]

尾高型：數字標示為 [2][3][4][5] 等，劃線標示為 ¬ 。即該單字有幾個音拍，其數字就為幾。發音則跟平板型一樣，但是接助詞時則助詞須變成低音。

はな（花）[2]　　あたま（頭）[3]　　いもうと（妹）[4]

## 平板型與尾高型的差別

一般來說，初學者容易將平板型與尾高型混淆，而這兩者最大的差別其實只在於後接助詞的發音不同而已。

同樣拿「花」與「鼻」來舉例：

平板型 [0]：はなが　　たかい（鼻が高い）助詞 が 為高音

尾高型 [2]：はなが　　たかい（花が高い）助詞 が 為低音
因此，當只有唸單字時，都一樣是頭低音其餘高音，但是當後面還有接助詞時，則一個是繼續高音，另一個則是轉為低音。

## 劃線標示中的「橫線」跟「直線」所代表的意義？

一般普遍使用數字標示，但為了讓學習者認識重音，有些教科書上也會使用劃線標示，而劃線標示可以看到有「橫線」跟「直線」。

例：┌

這個劃線標示就是先直線再橫線。直線的意義是什麼呢？

直線是表示音調開始變化的意思，因此只要看到直線，就表示接下來的音將會與前面不同。

注意：任何一個單字的第一個音拍與第二個音拍絕對不一樣。

請記住這個技巧，如此一來很多劃線標示就能看得懂了。

例：

はな（花）[2]

雖然通常劃線不會頭跟尾都劃上直線，但實際上發音是這樣：

はな（花）[2]

因此，就算沒有劃上直線，只要記住一個原則，就是第一個音絕對不會跟第二個音一樣，如果第一個音是高音，第二個音絕對是低音。反之則倒過來。

有了這個原則，就不會因為一些劃線習慣上的差異而導致看不出來重音在哪裡了。

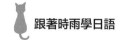 

### 音拍計算方式

基本上一個假名算一個音拍，而長音、促音、拗音也必須當作一個音拍來計算。

例：

<u>に</u> <u>ほ</u> <u>ん</u> <u>ご</u> [0] 四個音拍

此處為 0 號音（平板型）。藍字皆為高音，要注意的是重音絕對不會落在鼻音（ん）上（所以這裡絕對不可能為 3 號音）。

<u>ネ</u> ッ ク レ ス [1] 五個音拍

此處為 1 號音（頭高型）。故藍字為高音，要注意的是重音也絕對不會落在促音（ッ）上（所以這裡絕對不可能為 2 號音）。

<u>お</u> <u>と</u> <u>う</u> さ ん [2] 五個音拍

此處為 2 號音（中高型）。故藍字為高音，要注意的是此處的長音（う）也算一個音拍。同樣地，重音也不可能會落在鼻音（ん）。

<u>きゅ</u> <u>う</u> <u>しょ</u> [3] 三個音拍

此處為 3 號音（尾高型）。藍字皆為高音，要注意的是拗音「きゅ」跟「しょ」算一個音拍，故總共為三音拍。

### 當字典查到的單字有兩個重音時，該怎麼辦？

有些單字是可以有兩種重音，通常放在第一個重音的是常用重

音，因此若不知道該怎麼唸，就以第一個重音為準。

　　如：きゅうしょ（急所）[0][3]，這個單字基本上就以 [0] 號音為準。

## 課本上的重音跟聽到日本人發音的不一樣？

　　由於語言是活的，因此正確標音雖然已經有制定，但是說話時可能會受到情緒、口氣、腔調甚至地方腔等影響而改變。

　　例如：くやしい（悔恨）重音是 [3]（中高型）。因此應該會聽到「や」跟「し」是發出高音，而「く」跟「い」是低音。

　　但是常常可以聽到很激動的口吻說：くやしい 變成重音 [0] 號的平板型了。原因很簡單，這只是因為當事人情緒高昂，所以講話自然就上飄了。就像中文雖然有四聲，但因為情緒波動或是語氣的關係而發生了改變，例如「耶」這個字是一聲，但由於太高興了，所以發出的音就像是四聲（葉），大概類似這樣的感覺。

　　總之，如果撇開情緒、腔調、語氣等外在因素，正常講話時仍然可以聽見日本人說重音 [3] 的「くやしい」。

　　另外，雖說根據日本地區的不同發音可能也會不太一樣， 例如「今」這個字在關東唸 1 號音（頭高型），而在關西則唸做 2 號音（尾高型）。學習上如怕混淆，不妨先學習關東音，因為無論是重音字典上標示的音還是日本新聞播報都是以東京日語發音為主。

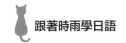 

## 2. 母音無聲化是什麼？

　　所謂母音無聲化是指原本的母音是具有聲音的，但因前後都是無聲子音的關係而無法震動聲帶，故消音。此為母音無聲化。

　　可以不用去背它，只要知道有這件事就好，在聽日文學日文的時候稍微注意一下就會明白了。學久了自然就會發音。

　　母音無聲化的條件：

1. 無聲子音＋「i」或「u」＋無聲子音。如：「き、く、し、す、ち、つ、ひ、ふ、ぴ、ぷ、しゅ」＋無聲子音。
2. 句尾的假名結尾是「u」。如：～です。～ます。

　　而所謂的無聲子音指的就是聲帶不會震動、類似氣音的音，如「s」、「k」、「t」等，其代表字為：か行、さ行、た行、は行、ぱ行，以及拗音部分：きゃ行、しゃ行、ちゃ行、ひゃ行、ぴゃ行。

　　也就是說，當假名結尾是「i」或「u」的母音前後都接上「k」、「s」、「t」、「h」、「p」，那麼開頭的子音就會產生母音無聲化。

## 常見的母音無聲化

藍底部分為無聲化，只需輕輕發出即可，類似氣音。注意藍色的羅馬拼音，其前後都是無聲子音（類似氣音）[ 劃線部分 ]。

**❶** 学生（がくせい）

ga ku se i

**❷** 人（ひと）

hi to

**❸** 切手（きって）

ki tte

**❹** 機会（きかい）

ki ka i

**❺** 宿題（しゅくだい）

shu ku da i

**❻** 大好き（だいすき）

da i su ki

**❼** 私は台湾人です（わたしはたいわんじんです）

wa ta shi wa ta i wa n zi n de su

**❽** よろしくお願いします（よろしくおねがいします）

yo ro shi ku o ne ga i shi ma su

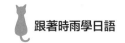

## 3.「です」的進階版「でございます」

　　各位都學過斷定用法的「です（禮貌體）」和「だ（普通體）」。
今天要介紹的是更為禮貌用法的「でございます」。

　　「でございます」是「です」更有禮貌的說法。例如：トイレ
は二階です ➡ トイレは二階でございます。由於這是很恭敬、客氣
的用法，因此多用於商務往來之間的對話。

### 名詞＋でございます

> 句型　　名詞＋でございます

例句：

❶ はい、東京商事でございます。
　　您好，這裡是東京商事。

❷ こちらは課長の山田でございます。
　　這位是山田課長。

❸ 私は佐藤でございます。
　　我是佐藤。

### 形容動詞＋でございます

> 句型　　語幹＋でございます

例句：

❶ この辺りはとても不便でございます。

這一帶非常不方便。

❷ 国民の信任を得ることが必要でございます。

取得國民信任是必要的。

❸ 現実の生態系は大変複雑でございます。

現實的生態系是非常複雜的。

---

**形容詞＋ございます**

　句型　形容詞「ウ音便」＋ございます

　「ウ音便」顧名思義就是將發音改為「ウ」的音，這是為了讓發音方便而來的。

🐾 規則一：

　語幹為「ア段音」時，改為「オ段音」，語尾改為「う」＋「ございます」。

　例句：

❶ ありがたい（感謝的）➡ ありがとうございます（謝謝）

❷ おめでたい（可喜可賀的）➡ おめでとうございます（恭喜）

❸ おはやい（早）➡ おはようございます（早安）

※ 原理：ありがたい ➡ ありがたくございます ➡ ありがとうございます

## 🐾 規則二：

語幹為「イ段音」時，改為「拗音＋う」＋「ございます」。

例句：

❶ 嬉しい ➡ 嬉しゅうございます（開心）

❷ 美味しい ➡ 美味しゅうございます（美味）

❸ 大きい ➡ 大きゅうございます（大的）

※ 原理：嬉しい ➡ 嬉しくございます ➡ 嬉しゅうございます

## 🐾 規則三：

非上述兩者則將語尾改為「う」＋「ございます」。

例句：

❶ すごい ➡ すごうございます（厲害）

❷ あつい ➡ あつうございます（很熱）

❸ ひどい ➡ ひどうございます（過分）

※ 原理：すごい ➡ すごくございます ➡ すごうございます

※ 在現代日文中，除了一些招呼用語和慣用句之外，愈來愈少使用「形容詞＋ございます」。

## 4. 常見的文法誤解：關於連體形這回事

　　當看到「活用語連用形＋た」就表示是用言（動詞、形容詞、形容動詞）或助動詞加上「た」的意思。例如「降った」、「暑かった」、「静かだった」、「日曜日だった」。

> ※ 「日曜日」是名詞，「た」是前接活用語，因此是看助動詞的「だ」，連用形為「だっ」，因此為「だった」。

但問題來了！

### 常見困惑點

　**文法**　「活用語連體形＋ので」表原因

　　比如說這個文法，就是指動詞、形容詞、形容動詞和助動詞的連體形加上「ので」，我們來看看例句：

❶ 雨が降ってきたので、試合は中止します。
❷ あまりに暑いのでエアコンをつけました。
❸ 図書館は静かなので、勉強に集中できます。
❹ 今日は日曜日なので、電車は空いています。

　　從上述例句來看，形容詞和形容動詞都沒有問題，而名詞要看的是後面助動詞的「だ」，其連體形為「な」。

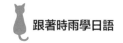

而動詞部分是最常被誤解為「動詞連用形」＋「ので」，進而產生困惑。

**解説**

❶ 雨が降ってきたので、試合は中止します。

這句並不是動詞連用形加上「た」＋「ので」，順序上被誤解了，以下拆解給大家看看。

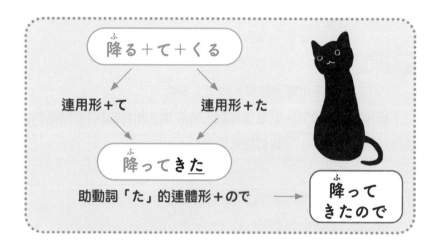

也就是說，這句並不是「降る」的連體形，而是要看「ので」前面那個字的連體形，也就是助動詞「た」的連體形。

助動詞「た」也是有活用表格的：

| 未然形 | 連用形 | 終止形 | 連體形 | 假定形 | 命令形 |
|--------|--------|--------|--------|--------|--------|
| たろ | ―― | た | た | たら | ―― |

　　所以如果看到「連體形＋〇〇」而例句出現「～た〇〇」就是指這個意思。

**概念釐清**

　　以下全部都是連體形＋ので

❶ 行<sup>い</sup>くので

❷ 行<sup>い</sup>ったので

❸ 行<sup>い</sup>きますので

❹ 行<sup>い</sup>きましたので

❺ 行<sup>い</sup>かないので

❻ 行<sup>い</sup>きたいので

　　請注意藍字的地方，「行<sup>い</sup>きます」的連用形是指「行<sup>い</sup>き」不是指「ます」。「行<sup>い</sup>かない」的未然形也是指「行<sup>い</sup>か」而不是指「ない」。

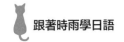

## 助動詞的活用表

　　除了助動詞「た」之外，還有很多助動詞都有活用表格，如下：

だ（斷定助動詞）

| 未然形 | 連用形 | 終止形 | 連體形 | 假定形 | 命令形 |
|---|---|---|---|---|---|
| だろ | だっ　で | だ | な | なら | ―― |

です（斷定助動詞）

| 未然形 | 連用形 | 終止形 | 連體形 | 假定形 | 命令形 |
|---|---|---|---|---|---|
| でしょ | でし | です | です | ―― | ―― |

ます（敬體助動詞）

| 未然形 | 連用形 | 終止形 | 連體形 | 假定形 | 命令形 |
|---|---|---|---|---|---|
| ませ　ましょ | まし | ます | ます | ますれ | ませ　まし |

　　從此表來看，「ます」也是有連體形的。例如「行きますので」，並不是指「行く」的「連用形」，而是指「ます」的「連體形」＋「ので」。

**ない（否定助動詞）**

| 未然形 | 連用形 | 終止形 | 連體形 | 假定形 | 命令形 |
|---|---|---|---|---|---|
| なかろ | なかっ<br>なく | ない | ない | なけれ | —— |

**たい（希望助動詞）**

| 未然形 | 連用形 | 終止形 | 連體形 | 假定形 | 命令形 |
|---|---|---|---|---|---|
| たかろ | たかっ<br>たく | たい | たい | たけれ | —— |

**（さ）せる（使役助動詞）**

| 未然形 | 連用形 | 終止形 | 連體形 | 假定形 | 命令形 |
|---|---|---|---|---|---|
| （さ）せ | （さ）せ | （さ）せる | （さ）せる | （さ）せれ | （さ）せろ<br>（さ）せよ |

**（ら）れる（可能・自發・尊敬助動詞）**

| 未然形 | 連用形 | 終止形 | 連體形 | 假定形 | 命令形 |
|---|---|---|---|---|---|
| （ら）れ | （ら）れ | （ら）れる | （ら）れる | （ら）れれ | —— |

**（ら）れる（受身助動詞）**

| 未然形 | 連用形 | 終止形 | 連體形 | 假定形 | 命令形 |
|---|---|---|---|---|---|
| （ら）れ | （ら）れ | （ら）れる | （ら）れる | （ら）れれ | （ら）れろ<br>（ら）れよ |

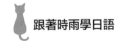 

### そうだ（樣態助動詞）

| 未然形 | 連用形 | 終止形 | 連體形 | 假定形 | 命令形 |
|---|---|---|---|---|---|
| そうだろ | そうだっ<br>そうで<br>そうに | そうだ | そうな | そうなら | —— |

### そうだ（傳聞助動詞）

| 未然形 | 連用形 | 終止形 | 連體形 | 假定形 | 命令形 |
|---|---|---|---|---|---|
| —— | そうで | そうだ | —— | —— | —— |

### ようだ（比況助動詞）

| 未然形 | 連用形 | 終止形 | 連體形 | 假定形 | 命令形 |
|---|---|---|---|---|---|
| ようだろ | ようだっ<br>ようで<br>ように | ようだ | ような | ようなら | —— |

### らしい（推量助動詞）

| 未然形 | 連用形 | 終止形 | 連體形 | 假定形 | 命令形 |
|---|---|---|---|---|---|
| —— | らしかっ<br>らしく | らしい | らしい | —— | —— |

## 5. 深談片假名的使用

片假名的功用有以下這四種用法：❶外來語、❷擬聲擬態語、❸動植物學名、❹強調。而片假名的使用其實非常廣泛，廣泛到幾乎可以說是濫用了，但不可能把所有情境都列出來，因此以上是最主要的四種用法。

不過，隨著學習者接觸越來越多的日文，就會發現有些片假名實在難以用「強調」去想像，因此這篇就誕生了，以下將為大家介紹更詳細的——「カタカナ」。

### ❶ 外來語

片假名是一個很方便的文字，經常用於表示單純的發音，因此用片假名來標示外來語是非常便利的。

而所謂的外來語，就是從國外傳進來日本原本並不存在的詞彙，像「パソコン（電腦）」，當日本認為不需要特別為這些專有名詞另外造一個和語時，就會選擇直接音譯。

另外，日常生活中的會話也會傾向於簡單的講法：パソコン ＞
個人電子計算機。

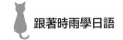

## ❷ 擬聲擬態語

剛剛提到片假名經常用於表示單純的發音，所以無論是爆炸的「ボーン」還是拍照的「パシャ」都會使用片假名，擬態也是同樣道理，如「ニコニコ」。

## ❸ 動植物正式學名

在學術名稱上會使用片假名來標記動物或植物，如「トラ」、「サル」。但日常生活中多用平假名或漢字：「虎／とら」、「猿／さる」。

## ❹ 強調

強調的意思是「吸引對方注意這個字」、「放大這個字」，例如「コレはなに？（這個是什麼啊？）」、「イヤだよ！（我不要啦！）」等等。

## ❺ 新鮮感、時尚感、酷炫感

漢字是日本最早的文字，因此同時也代表著古老、正經。有些日本原本就已經有的詞彙，為了帶給人一種新鮮感，會故意使用片假名，例如「経済（けいざい）」用「エコノミー」，「化粧（けしょう）」用「メイク」，但近年來也導致了片假名的氾濫，有些句子濫用到連日本人自己都看不出來到底是在看日文還是在看外文。

例：

結果にコミットする。（責任をもって結果を出す。）
負起責任以達到最好的結果。

コンセンサスを得た。（合意した。）
達成協議。

## ⑥ 適當節點

如果沒有漢字的情況下，只使用平假名會造成閱讀不易，這時候用片假名作為區分就容易閱讀。

例：

### 【僅使用平假名】

ぼおるをていいあっぷし、ぷれしょっと・るうてぃんを行い、いよいよあどれすに入ります。

### 【片假名與平假名混和】

ボールをティーアップし、プレショット・ルーティンを行い、いよいよアドレスに入ります。

## ⑦ 取代原物

取代原物的意思是原本日本就有這個單字，但相似的物品無法用這個單字來表示時就會用外來語。例如「床」跟「ベッド」，日本原本就有「床」這個字，但這是指鋪地板睡的床，跟睡在床鋪上的床（Bed）不一樣，所以就有了「ベッド」這個詞彙。相似的例

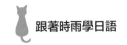
子還有「米」跟「ライス」，「お菓子」跟「スイーツ」等等。

### ❽ 特別重視的對象、年輕用語

關於人稱「僕‧君‧俺」的使用方式，其實還是要看情境，這個就比較沒有統一性，根據不同情境、不同的人，甚至是不同年紀的人，都有不同的感受。這裡稍微再略提一下，自稱時通常「平假名」較委婉些，「片假名」和「漢字」則較強勢些。

另外「片假名」給人一種年輕人在用的感覺，所以「ボク」會比「僕」感覺更年輕。

而第二人稱的「君」如果用「キミ」，則表示「特別重視的對象」。比方說，「君が好きだ」是一般平舖直述，「キミが好きだ」則是對這個人有特別的情感。

以上共列了八種，希望對讀者有幫助。由於語言是活的，隨著時間演變也可能會出現更多不同的感受，因此可能還是會有以上都無法解釋的情況。但我認為，用前述提到的基礎四種分類就很夠了，比方說「キミ」也可以說是「強調你這個人對我很重要」。

## 6. 關於日文的鼻濁音

　　「が」其實有兩種唸法，一種就是我們都熟知的「ga」，另一種就比較少聽到了，唸做「nga」（語言學上標記為［ŋa］），在語言學（言語学<ruby>げんごがく</ruby>）中這些帶有鼻音的「が・ぎ・ぐ・げ・ご」就稱為鼻濁音（鼻濁音<ruby>びだくおん</ruby>）。

### 什麼是鼻濁音？

　　鼻濁音日文稱為「びだくおん」，簡單來說就是「が・ぎ・ぐ・げ・ご」這五個字帶有鼻音的意思，在日本《NHK日本語発音アクセント<ruby>にほんごはつおん</ruby>新辞典<ruby>しんじてん</ruby>》中將鼻濁音標記為「カ゚・キ゚・グ゚・ケ゚・コ゚」，也就是「カ行」加上「 ゚」，但這跟半濁音的「ぱ・ぴ・ぷ・ぺ・ぽ」的口唇破裂音不同，「か゚・き゚・ぐ゚・け゚・こ゚」是將原來的濁音「が・ぎ・ぐ・げ・ご」藉由鼻音發出的（又稱為軟顎鼻音／後鼻音）。

　　「鼻濁音」主要出現在關東地區（其他地區幾乎不使用），但即使是關東地區，現在使用的人也漸漸減少了。特別是年輕人幾乎不使用，甚至有年輕人不知道「鼻濁音」是什麼。不過，在新聞播報、廣播或配音等，仍使用「鼻濁音」。

　　日常生活中較少人使用鼻濁音，因此不一定要模仿（知道有這件事即可），不過在日本新聞播報、廣播或配音上，仍使用鼻濁音。

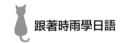

## 鼻濁音的規則？

這裡淺談大規則：

只用在「が・ぎ・ぐ・げ・ご」（濁音）這五個字上，且不是出現在詞首，也就是當出現在字中或字尾時，經常發生鼻濁音現象。

例：

音楽（おんがく）→　おんがく

すみませんが →すみませんが

村議会（そんぎかい）→ そんぎかい

すぐ → すぐ

大道芸（だいどうげい）→ だいどうげい

卵（たまご）→ たまご

## 不使用鼻濁音

出現於字詞之首以及外來語不使用鼻濁音。

字詞之首

学生（がくせい）

技術（ぎじゅつ）

具体的（ぐたいてき）

芸能人（げいのうじん）

誤解（ごかい）

外來語

シュガー

ハンバーグ

プログラム

ターゲット

## 例外中的例外

外來語中有兩個例外：

❶ 原本唸法就帶有鼻濁音，如：キング

❷ 很久以前傳入日本的詞彙，如：オルガン

以上可以唸鼻濁音。

### 補充

　　一般數字 5 的「ご」也不使用鼻濁音，但如果是夾在名詞中的五，由於並非一般數數的五，因此可能會有鼻濁音的現象。

　　例：

　　5：ご（濁音）

　　十五夜：じゅうご゚や（鼻濁音）

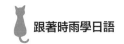
## 怎麼發鼻濁音？

　　鼻濁音就是原本的濁音帶有鼻音，就像台語的「自我（tsū-ngóo（ŋó））」或是廣東話的「我（ŋo）」，我們先唸熟悉的「ま行」看看，因為「ま行」也是帶有鼻音。

　　先來唸一次：ま、み、む、め、も

　　再唸鼻濁音：か゚、き゚、く゚、け゚、こ゚

　　會發現「が・ぎ・ぐ・げ・ご」帶有鼻音，這樣就是鼻濁音了。

　　本單元僅作為簡易說明，實際運用仍有例外（如古外來語等），因此仍有可能會看到非上述規則的例子。

## 7. 關於「たら」和「なら」

在 N4 文法中，學習者會遇到「たら・なら・と・ば」這些假定條件用法。這些用法因其相似性，經常令學習者在選擇時感到困難，尤其是「たら」與「なら」之間的差異更是令人困惑。以下將針對「事態發生順序」上的用法進行簡單說明，並重點闡述「たら」與「なら」的差異。

### 「と」、「ば」、「たら」

在假定條件中，「たら」的文法限制最少，且使用範圍最為廣泛，大部分使用「と」或「ば」的句子都可以替換「たら」。

ボタンを押すと、音が出ます。

ボタンを押せば、音が出ます。

ボタンを押したら、音が出ます。

按了按鈕，會發出聲音。

▶ 「と」、「ば」、「たら」的事態發生順序皆為「前句→後句」。

### 「たら」、「なら」

當我們要表達「如果～」的句子，這時就會面臨「たら」與「なら」的選擇。「たら」是假設前句已經發生的話，則執行或出現後句的結果。「なら」則是假設前句要發生的話，則執行或出現後句的結果。

## 🐾 たら

日本へ行ったら、連絡してください。

到了日本之後，請跟我聯絡。

▶ 表示「先到達日本」，「再聯絡」，順序為「前句→後句」。

## 🐾 なら

日本へ行くなら、連絡してください。

如果要去日本，請跟我聯絡。

▶ 表示「去日本之前」，「先聯絡」，順序為「後句→前句」。

值得注意的是，還有一個用法是「のだったら（んだったら）」，雖然它看起來很像是「たら」的用法，不過這個文型等同於「なら」。「のだったら（んだったら）」是比較口語的說法。

### 補充

「なら」也可以用於「前句→後句」的順序，但此時前項的述語必須為過去式，即「活用語連用形＋たなら」，不過與「たら」的意思不一樣，此時的「なら」表示針對已知的部分做出結論。

A：先週、日本へ行ってきたんだ。

上禮拜我去了日本。

B：本当に？日本へ行ったなら、写真を見せてよ。

真的？你有去日本的話，讓我看看照片嘛。

## 8. 動詞為何可以用「～のです」？

　　在初學階段都是教「名詞＋です」、「動詞＋ます」，所以一些學習者看到「行くのです」就覺得很納悶，為什麼可以用「です」？

　　我們可以發現「行く」跟「です」的中間多了一個「の」，因此這個「の」就扮演一個很重要的角色。沒有這個「の」的話就不可以加上「です」了，有了「の」後面就會是「です」而不是「ます」。

（○）行きます
（○）行くのです
（×）行くです
（×）行くのます

　　那麼這個「の」是什麼意思呢？

　　「の」有許多種意思，如名詞修飾（私の本）、名詞取代（私のです）、加強語氣（行くのです）、說明（風邪を引いたのです）等。而今天要講的是「加強語氣」跟「說明」的用法。

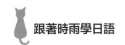

## ❶ 表示對某件事情的加強語氣

> 句型　活用語連體形＋のだ（のです）

俺はあんなやつには負けないんだ。

**我不會輸給那種傢伙。**

私の理論は間違っていないはずなのだ。

**我的理論應該是沒有錯的。**

君はまだ若いんだ。これからもチャンスはあるよ。

**你還年輕，之後還會有機會啊。**

※ 除了動詞之外，其他詞類也可使用。

## ❷ 表示要求對方說明或詢問對方；回答時則表示說明

> 句型　活用語連體形＋のか（のですか）

なんでこんなに遅く帰ってきたのですか。

**為什麼這麼晚回來？**

何かあったのですか。

**發生什麼事了嗎？**

A：どうして遅れたのですか。

　　**為什麼這麼晚才來呢？**

B：すみません。途中で事故にあったのです。

　　**對不起，途中發生了車禍。**

補充

口語上通常會轉音為「ん」，讓發音上更為便利。

食<ruby>べた<rt>た</rt></ruby>のです＝食べたんです

帰<ruby>った<rt>かえ</rt></ruby>のです＝帰ったんです

遅<ruby>れた<rt>おく</rt></ruby>のです＝遅れたんです


一般朋友間的會話，比較常見單獨一個「の」字，比較輕鬆溫和。

食べないの？

不吃嗎？

もう帰るの？

你要回去了？

何かあったの？

發生什麼事了嗎？


「のか」則是語氣較強烈，通常是男性使用。

食べないのか？

不吃啊？

もう帰るのか？

你要回去啦？

何かあったのか？

發生什麼事了嗎？

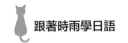

## 9.「知道」的日文為何要用「ている」？

　　表達知道某事的日文是「知っています」，而不是「知ります」，至於為什麼需要加上「ている」，就要來看「瞬間動詞」與「狀態動詞」的差別。

> 知る：瞬間動詞
> 分かる：狀態動詞

### 什麼是「瞬間動詞」、「狀態動詞」？

　　動詞可分為四大類，分別是：瞬間動詞、繼續動詞、狀態動詞、形狀動詞。

| 動詞 | 說明 | 對象 |
|---|---|---|
| 瞬間動詞 | 動詞發生的時間很短暫 | 死ぬ、知る、倒れる……等 |
| 繼續動詞 | 動詞發生的時間能持續 | 聞く、話す、食べる……等 |
| 狀態動詞 | 動詞本身就是狀態 | ある、いる、分かる……等 |
| 形狀動詞 | 沒有時間對應，宛如形容詞，又稱第四動詞 | 優れる、似る、曲がる……等 |

　　在此就先談瞬間動詞的「知る」跟狀態動詞的「分かる」。

　　簡單說，瞬間動詞就是「發生跟沒發生」的差別，其動詞發生的時間非常短暫，發生的當下通常就結束了。這時，如果繼續用「ている」就不是表示「正在（ing）」而是表示動作結束後存留的狀態（又稱為結果狀態）。

　　拿「死ぬ」來解釋最容易理解。「死亡」只有「死」跟「沒死」的差別，並沒有「正在死亡」的說法，在醫生確定並宣判死亡之前，都叫做「活著」。所以，如果用「死んでいます」就是確定已經死亡了，此動作便是指已經發生並且瞬間結束，所留下的狀態。

※「木が倒れている」也是相同邏輯，都是屬於結果狀態。

## 「瞬間動詞」的否定

　　如上所述，瞬間動詞用「ている」時表示動作結束後存留的狀態，因此其否定「ていない」表示不存在那樣的狀態，也就是沒有動作發生的意思。瞬間動詞直接否定時則表示不會執行某動作或發生某狀況的意思。

　　例：

まだ死んでいない。
還沒有死。

このままだと死ぬ。
這樣下去的話，會死掉。

もう死んでいる。
已經死了。

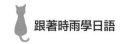
何<ruby>なに</ruby>をされても死<ruby>し</ruby>なない。

**無論被怎麼對待都不會死。**

## 在瞬間動詞的世界，只有無跟有的差別

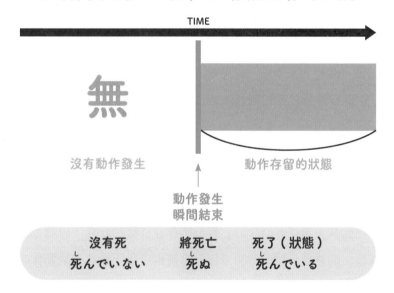

### 瞬間動詞「知<ruby>し</ruby>る」

　　回歸正題，「知<ruby>し</ruby>る」也是瞬間動詞，只有「知道」跟「不知道」的差別，沒有「正在知道」或「正在不知道」的說法，因此當使用「知っています」則表示動作已經發生且瞬間結束並留下的狀態（大腦瞬間得到情報，這個情報會繼續存留大腦），也就是「知道」的結果狀態。

　　但需要留意的是，「知る」其實是比較特殊的瞬間動詞，具有跟其他瞬間動詞不同的特徵。因此表達「知っている」的否定時，絕大多數情況都使用「知らない」，而不使用「知っていない」。

## 狀態動詞「分かる」

　　「分かる」則沒有這個問題，因為「分かる」屬於「狀態動詞」，本身就是狀態了，當別人問你「分かりますか」，回答「分かります」或「分かりません」就已經是「理解或不理解的狀態」了。

A：分かりますか。

你知道嗎？ ▶ 理解了嗎？懂嗎？

B：分かります。／分かりません。

我知道。／我不知道。 ▶ 懂／不懂。

　　狀態動詞已經表達狀態，因此不加上「ている」，如「ある」、「いる」。

机の上に本がある。

桌上有書。 ▶ 已經是狀態句。

教室に学生がいる。

教室裡有學生。 ▶ 已經是狀態句。

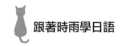

「分かる（狀態動詞）」由於已經是狀態，跟「知る（瞬間動詞）」不一樣，雖然「懂」也是只有分「懂」跟「不懂」而已，沒有正在懂或正在不懂的說法，但要注意的是「分かる」較屬於狀態性質的動詞，所以「分かります」就已充分表現出「理解的狀態」。

值得注意的是，有「分かっている」的用法，但「分かっている」的「分かる」並不屬於表示理解狀態的狀態動詞，而是跟「知る」一樣是接獲情報、獲取知識的瞬間動詞，因此使用「分かっている」時，表達的意思是「老早就知道」。

時雨的小叮嚀

而「知る」則偏向動作性質的動詞（接獲情報），因此「知ります」就會變成「要知道」，而不是「知道的狀態」，所以才要用「知っています」。兩者會不一樣，就是因為一個是狀態動詞，一個是瞬間動詞。

| 知っていますか？ ||
|---|---|
| 知っています | 知りません |
| 知道 | 不知道 |

| 分かりますか？ |||
|---|---|---|
| 分かります | 分かっています | 分かりません |
| 知道（懂） | 早就知道了 | 不知道（不懂） |

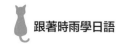

## 10. 關於家族稱謂

在初級日文中，學習者會學到與家族相關的單字，如「お父さん」、「お母さん」等，看似簡單，但實務上卻經常遇到學習者誤用的情況。比如，在正式的場合介紹自己的爸爸時，通常會使用謙讓語的「こちらは私の父です」，這會比「こちらは私のお父さんです」來得更適當。以下將針對家族稱謂在對外與對內的使用方式做說明。

### 稱呼對方

當稱呼對方的人時，會使用「お父さん」、「お母さん」、「お爺さん」、「お婆さん」、「お兄さん」、「お姉さん」等稱呼。

例：
小池：お父さんはいらっしゃいますか。
　　　令尊在家嗎？

岩本：あいにく父は今留守です。
　　　很不巧地，家父現在不在家。

## 稱呼我方

當稱呼我方的人時，則有區分較為正式、鄭重的說法，與較為輕鬆的說法。如果是比較正式的場合，會使用謙讓語的「父」、「母」、「祖父」、「祖母」、「兄」、「姉」等稱呼。

例：

菊池：こちらはどなたですか。

　　　請問這位是哪位？

西川：こちらは父です。

　　　這位是我父親。

如果是比較輕鬆的場合，或是親朋好友之間，就不需要使用到謙讓語，此時可以使用「お父さん」、「お母さん」、「お爺さん」、「お婆さん」、「お兄さん」、「お姉さん」等。

例：

ひな：はるちゃんちのお父さん、かっこいいね。

　　　小春家的爸爸，好帥哦。

はる：そう？お父さん、そんなにかっこいいかな？

　　　是嗎？我爸有這麼帥嗎？

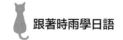

**自家人對話時**

　　自家人對話也不需要使用到謙讓語，因此在家稱呼爸爸、媽媽時，也會使用「お父さん」、「お母さん」等稱呼，根據親密程度也會有不同的說法。以下為常見的稱呼：

父ちゃん、母ちゃん

パパ、ママ

お父さん、お母さん

親父、お袋

　　哥哥、姊姊也是相同道理，叫哥哥時可以說「お兄さん」、「兄さん」、「お兄ちゃん」、「兄ちゃん」等，叫弟弟、妹妹則通常直接說名字或名字加上「ちゃん」，例如「唯ちゃん」。

## 11. 不能直譯的初中級動詞

　　在學習外語的過程中，許多學習者會透過單字表來記憶單字的意思，然而，在實際使用時，許多單字並不能直接按字面翻譯。例如，「吃」的日文是「食べる」，但「吃藥」不能翻譯為「薬を食べる」，正確的說法是「薬を飲む」。像這樣的例子還有很多，以下將說明幾個不能直接翻譯的初中級動詞。

中翻日

### 看

　　「看」在日文中一般譯為「見る」。但使用時須注意，「見る」多半是指獲取影像、圖像等視覺上的感受，因此，如果是以文字為主的情況，一般會使用「読む」。常見的例子有「本を読む（看書）」、「小説を読む（看小說）」、「雑誌を読む（看雜誌）」、「漫画を読む（看漫畫）」等。看雜誌與看漫畫的情況，如果是以圖像為主，也可能會看到使用「見る」的情況，不過一般較常用的是「読む」。

　　另一方面，當談到「看醫生」時，也不使用「見る」，而是「医者に診てもらう」。「診る」是「診察」的意思，當醫生為病患看診時會用「医者が患者を診る」來表達，同理，當病患需要得到醫生的看診時就會用「医者に診てもらう」來表達。「〜てもらう」是授受表現的句型，詳細的說明可以參考 P.116。

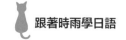

## 拉

「拉」在日文中一般譯為「引く」。但這個翻譯並不適用於所有情況，比如慣用句通常會有固定的組合，以「拉肚子」為例，日文是「お腹を下す」或「お腹を壊す」，而不會用「お腹を引く」。因此翻譯時須留意是否存在著慣用表現。

## 找

當尋找某人或某事物時，可以使用「さがす」，例如「行方不明者を捜す（找尋失蹤者）」、「職を探す（找工作）」。但是，如果想要表達的是「與某人見面」的意思，就不能使用「さがす」，而是要根據情境，選用如「～に会いに行く／来る」、「～を訪ねる」或「～のところへ伺う」，以上都是「見某人」、「拜訪某人」的意思，由於口語上很常說「找某某」，因此日文也經常會被誤用成「○○をさがす」，這一點須留意。

※「さがす」有兩種漢字，「捜す」通常指不見、消失的東西，而「探す」通常指想要的東西、想看到的東西。

## 吹

「吹」在日文中一般譯為「吹く」。不過，「吹冷氣」不能直接使用「吹く」來進行翻譯，通常使用「クーラーで涼む」或「クーラーの風にあたる」等表達方式。其中「涼む」的意思是「乘涼」，而「で」在這裡用來表示工具，因此「クーラーで涼む」可

以理解為「用冷氣來乘涼」。

**日翻中**

## 🐾 掛ける

「掛ける」有多種含義，例如「眼鏡を掛ける（戴眼鏡）」、「時間を掛ける（花費時間）」。由於漢字是「掛」，因此有些人看到「電話を掛ける」會誤以為是「掛電話」的意思，但其實「電話を掛ける」是「撥打電話」的意思，而掛電話的日文是「電話を切る」。

## 🐾 持つ

「持つ」有「拿」、「持有」等意思，當用於表達「持有」的意思時，通常會使用「～ている」的句型。

例：

友達は最新のスマホを持っている。

朋友有最新的手機。

在這個例子中，「持っている」表示某人擁有某物，即「朋友擁有最新的手機」的意思。

而如果是表達「拿」的意思而使用「～ている」的句型時，則表示「拿著」的狀態。

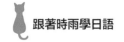

例：

<ruby>友<rt>とも</rt></ruby><ruby>達<rt>だち</rt></ruby>は<ruby>旗<rt>はた</rt></ruby>を<ruby>持<rt>も</rt></ruby>っている。

**朋友拿著旗幟。**

在這個例子中，「<ruby>持<rt>も</rt></ruby>っている」表達的是某人正處於拿著某物的狀態，而非擁有的意思。

 する

「する」最基本的意思是「做」，但由於「する」的使用範圍相當廣泛，在使用時需要特別注意，許多中文表現上使用不同動詞的句子，在日文中都會使用「する」，而不是直接用中文對應的日文來表現。

例：

<ruby>宿<rt>しゅく</rt></ruby><ruby>題<rt>だい</rt></ruby>をする。

**寫作業。（× <ruby>宿<rt>しゅく</rt></ruby><ruby>題<rt>だい</rt></ruby>を<ruby>書<rt>か</rt></ruby>く）**

サッカーをする。

**踢足球。（× サッカーを<ruby>蹴<rt>け</rt></ruby>る）**

<ruby>野<rt>や</rt></ruby><ruby>球<rt>きゅう</rt></ruby>をする。

**打棒球。（× <ruby>野<rt>や</rt></ruby><ruby>球<rt>きゅう</rt></ruby>を<ruby>打<rt>う</rt></ruby>つ）**

## 🐾 思う

　　「思う」對應的中文有許多可能的翻譯，如「想」、「認為」、「覺得」和「以為」等。當從日文翻譯為中文時，需要根據文脈（語境）來判斷意思，以選擇最恰當的中文詞彙。相反，當從中文翻譯為日文時，儘管中文表現多樣，可能會誤以為有不同的日文表現，但實際上都是使用「思う」來表達。

　　例：

**我想明天會下雨。**

明日は雨が降ると思う。

**我以為他會很高興。**

彼が喜ぶと思った。

**我認為這個議題值得討論。**

この議題は議論に値すると思います。

※ 正式情況會用「考える」，如：この議題は議論する価値があると考えます。

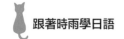

 休<sup>やす</sup>む

　「休<sup>やす</sup>む」除了「休息」的意思之外，還有「請假」、「缺席」等含義，需要留意的是，無論是表達「請假」還是「缺席」，在日文結構上都使用「～を休<sup>やす</sup>む」的句型。

　例：

学校<sup>がっこう</sup>を休<sup>やす</sup>む。

**向學校請假。**

会社<sup>かいしゃ</sup>を休<sup>やす</sup>む。

**向公司請假。**

授業<sup>じゅぎょう</sup>を休<sup>やす</sup>む。

**課程缺席。**

会議<sup>かいぎ</sup>を休<sup>やす</sup>む。

**會議缺席。**

解答

 一起來練習　P.128

いもうと わたし ほん
妹は私に本を（くれる）。

わたし いもうと ほん
私は妹に本を（あげる）。

わたし こうはい ほん
私は後輩に本を（あげる）。

こうはい わたし ほん
後輩は私に本を（くれる）。

かあ おとうと ほん
母さんは弟に本を（あげる／くれる）。

さいとう きた の ほん
斎藤さんは北野さんに本を（あげる）。

せんせい わたし ほん
先生は私に本を（くださいます）。

わたし じょうし ほん
私は上司に本を（さしあげます）。

 一起來練習　P.135

わたし おとうと しゃしん と
私は弟に写真を撮っ（てあげる）。

わたし どうりょう ざっし か
私は同僚に雑誌を買っ（てあげる）。

わたし せんせい ちゃ い
私は先生にお茶を入れ（てさしあげます）。

いもうと わたし しょるい
妹は私に書類をコピーし（てくれる）。

かちょう わたし りょうり つく
課長は私に料理を作っ（てくださいます）。

せんせい しゃしん と
對話：先生、写真を（お撮りしましょうか）。

あいうえお

# Note

# 跟著時雨學日語
## （全新增修版）

> 輕鬆掌握 N5 ～ N3 初階常用日文文法，
> 培養語感、突破自學瓶頸、課外補充都適用！

| | |
|---|---|
| 作者 | 時雨 |
| 執行編輯 | 顏妤安 |
| 行銷企劃 | 陳羽杉 |
| 封面設計 | 周家瑤 |
| 內頁設計 | 賴姵伶 |
| 發行人 | 王榮文 |
| 出版發行 | 遠流出版事業股份有限公司 |
| 地址 | 臺北市中山北路一段 11 號 13 樓 |
| 客服電話 | 02-2571-0297 |
| 傳真 | 02-2571-0197 |
| 郵撥 | 0189456-1 |
| 著作權顧問 | 蕭雄淋律師 |

2024 年 6 月 30 日 增訂一版　一刷
2024 年 8 月 5 日 增訂一版　二刷
定價　新台幣 350 元

國家圖書館出版品預行編目（CIP）資料

跟著時雨學日語 / 時雨著 . -- 增訂一版 . -- 臺北市：遠流出
版事業股份有限公司, 2024.06
面；　公分
ISBN 978-626-361-736-0( 平裝 )
1.CST: 日語 2.CST: 語法
803.16　　　113007494